AF285421

Das 8-Bit Tagebuch

Das 8-Bit Tagebuch
Kriminaldrama von Jan Hennemann

Bibliografische Information der Deutschen
Nationalbibliothek:
Die Deutsche Nationalbibliothek verzeichnet diese
Publikation in der Deutschen Nationalbibliografie;
detaillierte bibliografische Daten sind im Internet
über http://dnb.dnb.de abrufbar.

Illustration: Jan Hennemann

Herstellung und Verlag:

BoD – Books on Demand, Norderstedt

ISBN: 9783752896664

Prolog

Kapitel 1 - Der Tag, der alles änderte

Kapitel 2 - Jemand hat es gesehen

Kapitel 3 - Der Ehemann

Kapitel 4 - Im Krankenhaus

Kapitel 5 - Die beste Freundin

Kapitel 6 - Zweifel

Kapitel 7 - Die attraktive Frau in den 40ern

Kapitel 8 - Etwas Licht im Dunklen

Kapitel 9 - Jakobis Arbeitsstelle

Kapitel 10 - Ich treffe Jakobi

Kapitel 12 - Zeit spielt keine Rolle

Kapitel 13 - Aufgeben?

Kapitel 14 - Die Beisetzung

Kapitel 15- Der Neuanfang

Kapitel 16 - Ganz schlechte Nachrichten

Kapitel 17 - Kein Fall mehr

Kapitel 18 - Ab sofort, unverzüglich – die Wende

Kapitel 19 - Ein Bild für Mama

Kapitel 20 - Wie geht es weiter

Kapitel 21 - 2018

Kapitel 22 - Das Angebot

Kapitel 23 - Der Verkäufer

Kapitel 24 - Kann das sein?

Kapitel 25 - Die letzte Kassette

Kapitel 26 - Alter Freund

Kapitel 27 - Erleuchtung im Altersheim

Kapitel 28 - Neuer Kollege

Kapitel 29 - Schmerzhafte Rückblicke

Kapitel 30 - Er stellt sich

Epilog

Prolog

Seit wir nicht mehr bei der Volkspolizei beschäftigt sind, hatten wir uns immer wieder aus den Augen verloren. Fast 27 Jahre ist es bei mir jetzt schon her, dass ich einen neuen Lebensweg einschlagen musste.

Meinem damaligen Kollegen, Leutnant Bauer, erging es nicht viel anders. Inzwischen sind wir beide schon jenseits der 60 und schauen auf die Fragmente unserer letzten Verzahnung.

Am Vormittag des 11. Juli 2018 stehen wir gemeinsam auf dem Parkplatz des Gerichtsgebäudes in Zwickau. Bauer hat, genau wie ich, ganz schöne Furchen im Gesicht bekommen. Er sah jedoch mit seinen grauen Haaren besser aus denn je. Unweit von uns sind Polizei und Notarzt. Sie stehen vor einem Auto, dessen Tür weit geöffnet ist. Offensichtlich wollte der Halter des sündhaft teuren Sportwagens gerade einsteigen, konnte aber dem abrupt auf ihn zurasenden, schwarzen Geländewagen nicht mehr ausweichen und wurde mit einem dumpfen Schlag überfahren.

„Nichts zu machen, hier kommt jede Hilfe zu spät", sagte der Notarzt, der neben dem Toten auf der Straße kniete und noch im selben Moment aufstand. Das Blut des Getöteten ergoss sich langsam, aber stetig im Umkreis von gut drei Metern auf den Boden. Erst bildeten sich kleine Bächlein, dann vereinten sie sich zu einer einzige Blutlache.

Zu den Augenzeugen gesellten sich viele Schaulustige, die mit ihren Handys Fotos vom Auto und der Leiche machten. Manche verrenkten sich nahezu, um ein Selfie von sich und des Toten zu ergattern.

Menschen, die nicht weit weg von uns standen, konnten wir ganz gut hören. Ringsum tuschelten sie, dass der Geländewagen mit quietschenden Reifen auf mindestens 60 km/h beschleunigt haben musste und dass dies keinesfalls ein Unfall gewesen sein kann.

Der Mann sei erst mit dem Kopf auf die Motorhaube geprallt, dann bremste der Fahrer, so dass der bereits Verletzte regungslos vor dem Auto zu liegen kam. Fast im selben Moment nahm er wieder Tempo auf und überfuhr ihn kaltblütig.

„Man konnte hören und sehen, wie seine Knochen unter der Last des Autos brachen", berichtete einer der Augenzeugen mit zittriger Stimme einem Polizisten, der kurz nach uns eingetroffen war und direkt vor uns stand.

Bei der Vorstellung wie er überfahren wurde und dem Anblick der Leiche wurde mir unwohl. Nicht etwa, weil ich zum ersten Mal mit dem Tod konfrontiert wurde - nein, Leichen hatten wir schon mehr als genug gesehen - sondern viel mehr kam das Gefühl einer mittelbaren Schuld beim Betrachten dieses Ortes auf.

Zu Bauer flüsterte ich ratlos „Warum?". Konfus schaute mich Bauer an, konnte oder wollte aber nichts sagen.

Der Tag, der alles änderte

Donnerstag, 6. April 1989, kurz vor 7 Uhr. Die Sonne bot eben noch ein blutrotes Himmelsschauspiel. Es versprach ein wunderschöner Morgen zu werden, ganz im Gegenteil zu den letzten Tagen dieses Monats. Mit meinem grauen Trabant fuhr ich zur Dienststelle der Volkspolizei in Werdau um meiner Arbeit als Kriminalpolizist nachzugehen. Gerade angekommen, brachte mir Frau Matthes einen Kaffee und die allmorgendliche Zeitung in mein Dienstzimmer.

Frau Matthes ist mit ihrem kurzen lockigen Haaren und der dünnen Hornbrille die gute Seele unserer Dienststelle. Sie ist schon etwas älter und hat den Krieg noch miterlebt. Die Frau kennt alle Vorschriften und Ablageorte, von ihren Erfahrungen profitiert unser gesamtes Kollektiv.

Mein Blick schweifte noch kurz aus dem Fenster. Mit einem kleinen Seufzer nippte ich an meinem Kaffee. Im Spiegelbild des Fensters sah ich mich, Mitte 30, die ersten grauen Haare sind schon zu entdecken und meine Geheimratsecken werden auch immer größer.

Ich zog den Stuhl vom Schreibtisch meines gut 12 m² großen Zimmers zurück und setzte mich.

Wie in fast jedem Dienstzimmer stand dieser unter dem obligatorischen Bild des Vorsitzenden des

Staatsrats und Generalsekretärs des ZK der SED, des Genossen Erich Honecker.

Es stand nicht viel Interessantes in der Zeitung, weswegen ich sie auch bald wieder zur Seite legte. Gerade wollte ich noch einen Schluck zu mir nehmen, als das graue Telefon auf der rechten Seite meines Schreibtischs schrill klingelte. Zweimal ließ ich es klingeln, dann nahm ich den Hörer ab. Frau Matthes stellte mir mit den Worten: „Es ist wichtig, Genosse Baumann", einen Teilnehmer durch.

„Kommissar Baumann, am Apparat".

Am anderen Ende der Telefonverbindung stellte sich Reichsbahnsekretär Engel vom Hauptbahnhof Werdau vor und fuhr ohne Umschweife fort.

„Genosse Baumann, hier hat sich eine Frau vor den Zug geworfen".

Kurz war es still, nur ein leises Knacken war in der Leitung zu hören.

„Lebt sie noch?"

„Nein, ich kann's mir jedenfalls nicht vorstellen.

Die hat es schwer erwischt, viel ist nicht übrig. Wurde von `ner E94 mitgenommen".

Mir kamen sofort Bilder von vor ein paar Monaten, als sich in der Stadt ein Mann mittleren Alters vom Dach eines Wohnhauses stürzte in den Sinn. Er wartete erst bis sich genug Schaulustige versammelt hatten, um sich dann lauthals mit wirren Parolen hinunterzustürzen. Das sahen auch viele Kinder und ich hoffte, dass auf dem Bahnhof weniger Schaulustige anwesend sein werden. Mit den Bildern dieses Unglücks im Kopf, beendete ich das Telefonat.

„Gut! Verstanden. Sind auf dem Weg".

Mit einer Rundumleuchte, die bei Bedarf auf das Dach unseres Dienstfahrzeugs vom Typ Lada gestellt werden kann und eingeschaltetem Licht, hetzten mein Kollege, Genosse Leutnant Bauer und ich die Straßen entlang.
Die Reifen quietschten während wir als Linksabbieger über eine Kreuzung jagten. Das Auto ächzte in jeder weiteren Kurve. So fahrend, brauchten wir keine 5 Minuten um die 3,5 Kilometer zurückzulegen, die es bis zum Bahnhof sind.
Ich parkte den Wagen vor dem Haupteingang des

Bahnhofgebäudes.

Wissend, dass es noch einen Bahnsteig 1 für eine Zugverbindung gibt, die durch den Wald nach Langenbernsdorf–Trünzig führt, auf der so früh am Morgen aber noch keine Züge fahren, eilte ich wie selbstverständlich durch die Unterführung im Gebäude in Richtung Bahnsteig 2 und 3.

Als es die Treppe nach oben ging und man mit jedem Schritt mehr und mehr vom Bahnsteig einsehen konnte, wurden meine Bedenken, dass ausgerechnet wieder Kinder diesen schrecklichen Anblick mit ansehen mussten, bestätigt.

Lange suchen musste ich nicht bis ich den Ort des Geschehens ausfindig machen konnte.

Irritierte Blicke, Menschen, die mit der Hand vor dem Mund ihr Entsetzen zum Ausdruck brachten, standen in einem Halbkreis gute 60 Meter hinter dem Ende des Bahnsteigs. Ein Jugendlicher, ein Kind fast noch, allem Anschein nach ca. 11–14 Jahre alt, stützte sich an einer Laterne ab und übergab sich.

Auf dem groben Schotterbett der Gleise lag leblos eine Frau.

Sie musste, nach Händen, Gesicht und der Frisur zu urteilen, ca. 28–35 Jahre alt sein.

Reichsbahnsekretär Engel hatte Recht, zwar hatte

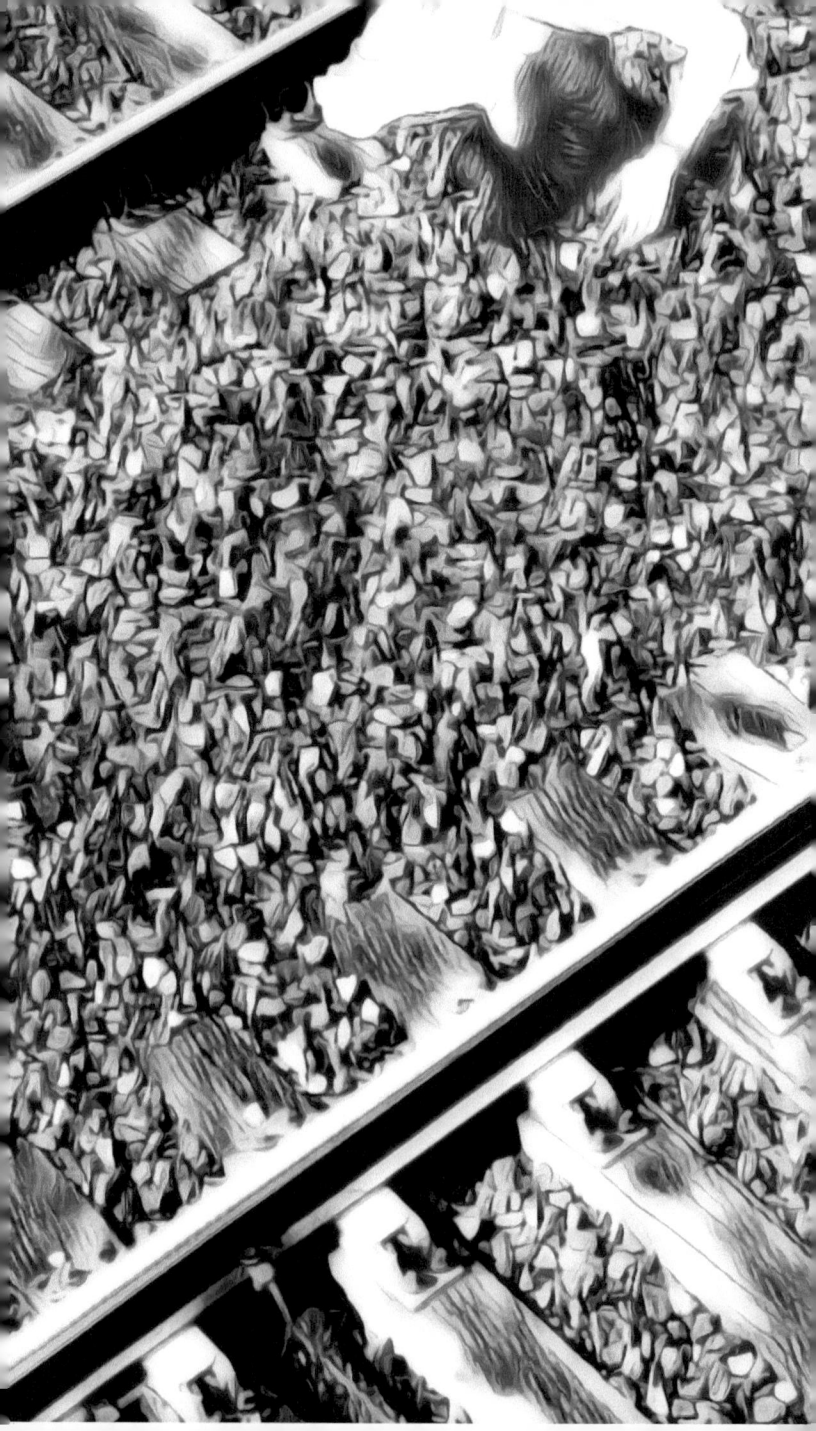

er sich unbedacht ausgedrückt, aber er hatte Recht. Der Körper der Frau sah wirklich schlimm zugerichtet aus.

Sie lag seitlich zwischen den Schienen und hatte offenbar ein gepflegtes Äußeres, was sich selbst vom noch ausströmenden und auf dem Kleid verteilenden Blut nicht trüben ließ. Das Kleid war ein pastellblaues, mit Blümchenmuster versehenes Kleidungsstück, welches sie mit einer dunklen, gemusterten Strickjacke wohl stimmig kombiniert hatte.

Aus ihrem Mund floss noch Blut und es bildete sich ein kleines Rinnsal. Unterhalb der Brust fehlten ungefähr 30 cm des Körpers. Wie anhand der Verletzungen zu schlussfolgern war, wurde die Frau wohl rechts von der Lok erfasst und hatte vielleicht noch versucht sich festzuhalten. Das würde das Schmierfett an der rechten Hand, welches eventuell vom Puffer der Lok stammte, erklären. Sie musste ein oder mehrere Male gedreht worden sein und geriet dann zwischen Schiene und Räder der tonnenschweren Güterzuglokomotive. Neben mir fand sich Reichsbahnsekretär Engel ein.

„Kommissar Baumann?“

„Ja.“

„Wir haben telefoniert. Bevor ich Sie anrief, habe

ich die SMH verständigt.

Die jungen Dinger eben - das ging bestimmt nicht schnell, die Lok is ja nur mit 20 km/h gefahren", fügte er noch hinzu.

Die Augen der Frau auf dem Gleis waren weit geöffnet, so als hätte sie sich erschrocken.

Mein Kollege Bauer war schneeweiß im Gesicht und man merkte, dass es ihm sehr nahe ging. Mit erhobener Stimme bat er alsbald die immer größer werdende Menschenmenge um Zurückhaltung. Zunächst ging sein Ruf im heulenden Getöse der Sirene des Notarztwagens und des einfahrenden Zuges auf dem Nachbargleis unter. Nur mühsam verschaffte er sich Autorität, griff aber bestimmt durch, indem er wieder und wieder betonte: „Es gibt hier nichts zu sehen, nehmen Sie Rücksicht!".

Der herbeieilende Notarzt und sein Assistent durchquerten die nur widerwillig zur Seite weichende Menschenmenge. Am Ort des Geschehens angekommen knieten sie sich neben die junge Frau. Sie untersuchten die Frau, ohne auch nur ein Wort zu sagen, konnten aber schon kurze Zeit später nur noch den Tod feststellen. Das hatte ich zwar bereits geahnt, doch glaubte ich erst daran, wenn es sozusagen von Amtswegen bestätigt wird. Der Arzt legte langsam und vorsichtig seine Hand auf die Stirn der toten Frau und schloss pietätvoll, als wolle er die Frau erlösen, ihre Augen. Endlich ist sie nicht mehr erschrocken, dachte ich bei diesem Vorgang.

In der Zwischenzeit, es waren etwa 8–12 Minuten vergangen, traf die Schutzpolizei ein. Zwei Genossen begannen sofort den Bereich des Geschehens abzusperren und brachten die Menschen auf Abstand. Trotzdem war noch immer ein aufgebrachtes Spekulieren zu hören. Die ebenfalls eingetroffenen Kollegen der Spurensicherung ließen sich davon nicht stören und verrichteten ihre Arbeit. Weitere zwei Kollegen der Schutzpolizei nahmen die Personalien der anwesenden Bürger auf und befragten sie nach dem Hergang.

Jemand hat es gesehen

Da kein Zug mehr weder ein- noch ausfuhr, wollten einige Bürger den Bahnsteig verlassen. Sie wurden aber am Ausgang in Empfang genommen, denn rings um das Gelände postierten sich ebenfalls Genossen der Schutzpolizei, so dass jeder Weg nach draußen hermetisch abgeriegelt wurde.

Ein älterer Mann, mit grauem Haar und eingefallenen Gesicht wollte sich der Maßnahme entziehen, indem er versuchte, sich auf der Toilette des Bahnhofgebäudes zu verstecken. Da das nicht ungesehen blieb, wurde er sehr schnell aufgespürt und gefragt, weswegen er seine Personalien nicht aufnehmen lassen wolle. Es stellte sich dann aber bald heraus, dass er eigentlich hätte bereits auf Arbeit sein müssen und es ihm unangenehm sei, „mit einer Fahne", wie er sich selber ausdrückte, aufgegriffen worden zu sein.

„Hat jemand den Unfall gesehen?" fragte ich in die Menschenmenge und wandte meinen Blick von der toten Frau, in Richtung der anwesenden Bürger, ab. In dem Moment, als ich meinen Fokus auf einen jungen Mann gerichtet war, meldete sich eine ältere Dame ganz leise und mit deutlich geschockter Stimme.

„Iihja hier. … Ich habe alles mit angesehen", sagte sie zögerlich.

Erneut murmelte sie, aber noch zaghafter:

„Ich habe alles gesehen. …"

In ihren Augen standen Tränen und ihr Gesicht war kalkweiß. Ihre Ergriffenheit war ansteckend und sie zitterte am ganzen Körper.

„Kommen Sie bitte zu mir."

Die Floskel „Beruhigen Sie sich bitte" zu ihr zu sagen, sparte ich mir.

„Bitte lassen Sie uns gemeinsam in den Warteraum gehen, da sind wir unter uns, wenn Sie damit einverstanden sind?"

„Ja, sehr gerne", erwiderte die Dame.

„Da werden wir ungestört reden können", fügte ich mit ruhiger Stimme an.

Gut 150 Meter gingen wir dann gemeinsam, um

in den Warteraum für die Reisenden zu gelangen. Etwa auf halber Strecke sprach ich einen Schutzpolizisten an, er solle sich bitte vor den Warteraum postieren und aufpassen, dass wir nicht gestört werden.

Im Warteraum angekommen, vergewisserte ich mich, dass wir alleine waren und bat die Dame sich zu setzen.

„Ich bin Hauptmann Baumann, Kriminalpolizei. Können Sie sich ausweisen Frau …"

„… Roit, Elisabet Roit", gab sie ohne zu zögern an und kramte währenddessen in einer kleinen braunen Umhängetasche.

„Hier ist auch mein Personalausweis, bitte schön Herr Genosse Hauptmann."

„Danke, ich nehme an, sie wollten den Zug nach Zwickau nehmen?"
Die Frau blickte mir in die Augen und bejahte lautlos meine Frage.

„Sagen Sie bitte, kannten Sie denn die junge Frau?" fragte ich und beobachtete ihren Gesichtsausdruck.

„Nein, sie ist, also, sie war mir nicht bekannt."

„Können Sie sich erinnern, wo Sie standen als es passierte?"

„Vorne am Bahnsteig, gleich hinter dem Aufgang. Ich warte immer ganz vorne, da muss ich nicht soweit laufen, wissen Sie, die Knie. Ich kann nicht mehr so wie vor 30 Jahren."

„Verstehe ich gut" und nickte verständnisvoll.

„Frau Roit, das wird jetzt sicher nicht leicht für Sie, aber können Sie mir bitte so gut wie möglich beschreiben was Sie gesehen haben? Und lassen Sie bitte nichts aus, die kleinste Kleinigkeit kann von Bedeutung sein."

Nur ganz zögerlich fing sie an zu reden.

„Gegenüber stand der Leipziger, gerammelte voll, ja und von weiter weg kam die Lok. Da dachte ich erst, das ist mein Zug, sah dann aber, dass keine Waggons dran waren. Ziemlich langsam war sie auch, es hat gedauert bis die Lok an mir vorbei war.
Und dann, ganz plötzlich, wie aus dem Nichts

rannte die junge Frau auf die Gleise vor die Lok."

„Was meinen Sie mit: ‚Wie aus dem Nichts'?".

„Sie muss zwischen der Mitropa und dem Aufenthaltsraum gestanden haben. Ich habe sie erst gesehen als sie genau vor die Lokomotive rannte. Es war so schrecklich, Herr Genosse."

„Gut, Frau Roit. Sie haben also die Frau erst gesehen als sie zwischen den beiden Gebäuden hervorkam?"

„Ja, es war ungefähr noch etwas weiter weg, ungefähr eine Loklänge, als ich die Rücklichter sah, rannte die Frau los. Sie hat mich noch angeschaut, dann schaute die junge Frau nach vorn auf die Lok. Es ging alles so schnell."
Frau Roit fing schluchzend an zu weinen.

„Weitere Menschen haben Sie nicht gesehen? War denn niemand in der Nähe?"

„Die standen alle ganz hinten auf dem Bahnsteig und ein paar standen hinter mir und in der Unterführung hörte ich schon weitere Reisende, aber neben der Frau, da habe ich niemanden gesehen." antwortete sie ganz aufgelöst.

„Sie haben mir sehr geholfen, Frau Roit! Möchten Sie nach Hause gefahren werden?", fragte ich sie gerade, als es an der Tür klopfte.

„Einen Moment! - Bitte warten Sie hier, ein Kollege wird sich um Sie kümmern".

Tröstend gab ich ihr meine Hand und stand ich auf um die Tür zu öffnen. Der Schupo, Wachtmeister Dost meldete mir, dass die Kollegen der Spurensicherung die Identität der Frau zweifelsfrei geklärt hatten.

„Es handelt sich bei der toten Person um Annemarie Elsner, geboren am 13. Februar 1959, gemeldet in Zwickau und Krankenschwester. Sie wollte sicher nach Hause fahren."

„Sind Familienangehörige da?"

„Nein, wir haben ihre Umhängetasche gefunden", antwortete Genosse Dost. Ich ertappte mich in diesem Augenblick dabei nicht umsichtig genug gewesen zu sein, denn da wo und wie eine Umhängetasche getragen wird, schaue ich nicht gezielt hin. Sie hätte an der Stelle sein müssen, an der die Frau vom Radreifen der Lok überrollt wurden war.

„So? Wo wurde denn die Tasche gefunden?",
fragte ich Wachtmeister Dost, während wir zurück an den Ort des Geschehens liefen.

„Sie lag auf dem Gleis etwa in Höhe der Mitropa."
Mittlerweile mussten seit dem Unglück ca. 25
Minuten vergangen sein. Die Leiche der Frau
wurde gerade von zwei Männern auf eine Bahre
gelegt.

„Sie wird im Gerichtsmedizinnischen Institut in
Zwickau untersucht?", vergewisserte ich mich
fragend, um sicher zu gehen und um den Vorgang
zu beschleunigen.

„Es wurde bereits alles in die Wege geleitet."
Beruhigt, ob der Tatsache, dass es auf Fragen wie:
„Hat sie unter Einfluss von Alkohol gehandelt",
oder „gibt es Spuren von Gewalt", bald Antworten geben wird, lief ich den Bahnsteig entlang.
Vom Platz aus, an dem die Frau lag, bis zu dem
Punkt, an dem sie gestanden haben soll, waren
es ungefähr 40 Meter. Entlang des Gleises haben
die Kollegen der Spurensicherung alle Asservate
mit Nummern gekennzeichnet. Es waren einige

herausgerissene Fetzen ihres Kleides, das Glas ihrer Armbanduhr und eine Halskette. Als ich an der Mitropa angekommen war, traf ich meinen Kollegen, Genosse Bauer wieder.

„Hier muss die Frau gestanden haben, dann rannte sie zwischen den beiden Gebäuden hervor auf das Gleis. Dabei hat sie ihre Umhängetasche verloren." sagte Genosse Bauer mit nachdenklicher Stimme. Bei der Tasche handelt es sich um eine kleine ca. 30cm x 15cm große Umhängetasche mit einem schmalen Riemchen und dünnen Ösen, sehr filigran gearbeitet.

„Mich stört dieses Riemchen an der Tasche, hätte es nicht reißen müssen?"
fragte ich Genosse Bauer und gab gleich selber Antwort.

„Oder sie hatte die Tasche in der Hand als es passierte und ließ sie dann fallen."

Eine Weile war es ruhig, bis ich fortfuhr.

„Wir müssen ihre Angehörigen benachrichtigen".
Genosse Bauer hatte sich alle relevanten Informationen aus der Tasche der Frau bereits notiert.

„Wissen Sie was seltsam ist?", fragte ich Genosse Bauer auf dem Weg zurück zum Auto.

„Das die Tasche unversehrt blieb und genau dort lag, wo die Frau von der Lok erfasst wurde?"

„Genau! Hätte sie die Tasche in der Hand gehabt, müsste sie doch wenigstens ein bis zwei Meter weiter weg gelegen haben, oder? Hätte sie die Tasche über der Schulter getragen, müsste dann nicht der dünne Träger aus der Öse gerissen sein?"

„Also kein Suizid?"

„Sicher bin ich mir nicht, aber wenn da mehr dahinter steckt, dann sollten wir uns das auf keinen Fall anmerken lassen."

Der Ehemann

Zurück in der Dienststelle sammelte ich noch weitere Informationen über die Frau Annemarie Elsner.

„Sie war eine geborene Siebert, wohnte im Platanenweg 132 in Zwickau, war verheiratet und hatte 2 Kinder. Ihr Mann heißt Wolfgang Elsner und arbeitet im VEB Zweiga", sagte ich durch die geöffnete Tür zu Bauer, der am Schreibtisch im Nebenzimmer saß.

„Wir müssen zu Herrn Elsner. Na, dann wollen wir mal!" fügte ich auffordernd hinzu.

„Wir wollen", tönte es zurück.
Kurze Zeit später erreichten wir die Eingangspforte des Betriebes, parkten unseren Dienstwagen und stellten uns beim diensthabenden Pförtner vor. Auf die Frage, ob Herr Elsner zu sprechen sei, telefonierte dieser mit Elsners Abteilung.
Ein paar Sekunden später sagte der Diensthabende mit einem neugierigen Unterton zu uns.

„Da haben Sie aber Glück, Elsner ist noch da und

sitzt in der Kantine. Er hatte Nachtschicht und wäre sicher schon weg, aber die hatten irgendein Problem im Kesselhaus".

„Vielen Dank. Ach ja, wie können wir ihn finden?"

„Fragen Sie einfach an der Ausgabe, die kennen den", antwortete der Pförtner in einem forschen Ton, worauf ich nachfragte.

„Den? Sagen Sie, kennen Sie Herrn Elsner auch?"

„Nee, einer wie alle, guter Kerl. Nur vorige Woche ham wir ihn nach Hause geschickt. Hat sich mit einem Kollegen geprügelt, daher kenne ich ihn."

„Sie wissen aber nicht warum?"

„Nu, -ihr- habt doch die Ohren überall, oder? Ich kann ja nicht alles wissen", sagte er ein wenig ironisch.
Ohne genauer darauf einzugehen, gab ich Genosse Bauer via Blickkontakt zu verstehen, dass wir weiter müssen und verabschiedeten uns. Als Bauer sich in der gut besuchten Kantine nach Herrn Elsner erkundigen wollte, schnappte ich

von einem Tisch in der dritten Reihe „Mensch Else, dass wird wieder", auf und ging hin zu den beiden Männern. Sie unterhielten sich weiter angeregt und ließen sich auch durch meine Gegenwart zunächst nicht stören.

„Herr Wolfgang Elsner?"

„Der bin ich, wer will denn das wissen?"
Ohne dass es sein Kollege sehen konnte, zeigte ich ihm meinen Dienstausweis.

„Wo können wir ungestört reden?" und deutete auf einen leeren Tisch ganz hinten.
„Kommen Sie bitte mit."
Als wir uns setzten, stieß Bauer zu uns und nahm ebenfalls Platz.

„Das ist mein Kollege, Leutnant Bauer."
Mit einem erwartungsvollen Blick schaute uns Herr Elsner an, als wüsste er, dass etwas passiert sein musste. Normalerweise hätten ich ihn gefragt, ob er sich vorstellen konnte, weswegen wir ihn besuchen, aber in Anbetracht der Schwere des Unglücks hielt ich es für besser, ihm gleich reinen Wein einzuschenken.

„Herr Elsner, es fällt uns nicht leicht, was wir Ihnen sagen müssen. Es geht um ihre Frau. Sie wurde heute Morgen auf dem Hauptbahnhof in Werdau tot aufgefunden."

Seine Augen wurden immer größer und seine Augen füllten sich mit Tränen. Dann senkte er seinen Kopf und stützte ihn mit beiden Händen ab. Ein Moment der Stille trat ein.

„Und da sind Sie sich wirklich sicher? Kann es nicht jemand anderes sein? Meine Frau ist doch auf Arbeit und nicht in Werdau auf dem Bahnhof!?"

„Wir sind uns ganz sicher Herr Elsner, sie konnte zweifelsfrei identifiziert werden. Alles sieht nach Selbstmord aus."

„Meine Annie? Selbstmord?"

„Können Sie sich denn vorstellen, was sie hier in Werdau wollte?"

„Nein, ich dachte wir haben das überstanden", sagte er mit gedämpfter Stimme und fragenden Blick. Man konnte ihm seine Enttäuschung anmerken.

„Was dachten Sie, haben Sie überstanden? Gibt es da etwas, dass wir wissen müssen?"

„Wir hatten bis vor ein paar Monaten immer wieder Streit, weil in unserer Ehe nicht immer alles gut lief."
Sichtlich gerührt und verschämt erzählte Herr Elsner, dass es zwischen ihm und seiner Frau in den letzten Jahren im Bett nicht mehr geklappt hat, dass er ein Alkoholproblem hatte und seine Frau dann auch schlug. Als für ihn letzten Ausweg, wie er betonte. Drauf hin ist sie mit den gemeinsamen Kindern zu ihren Eltern gezogen. Der Auszug seiner Frau mit den Kindern haben ihm gründlich die Augen geöffnet, so dass er seitdem keine Flasche Bier mehr angerührt hat.
Schließlich konnte er seine Frau davon überzeugen zu ihm zurückzukehren, was sie nach anfänglichem Zögern auch tat.

„Wir waren wieder richtig glücklich und die Kinder erst, alles war wie früher. Nur meine Annie, sie wurde in letzter Zeit immer ruhiger und im Bett da lief gar nichts mehr. Ich hatte richtig den Eindruck sie anzuwidern", erzählte uns Elsner, so als würde ihm dadurch eine Last von den Schultern fallen.

„Gab es einen anderen?", fragte ihn Leutnant Bauer gerade heraus.

„Vor ein paar Tagen, ich glaube vor zwei Wochen, da wollte ich Annie überraschen und fuhr zu ihr in die Klinik. Ich hatte mir extra Blumen besorgt und dachte, dass wir nach ihrer Nachtschicht schön frühstücken könnten. Die Kinder hatte ich bei meinen Eltern abgegeben, die sie auch in die Schule brachten."
Seine Stimme wurde plötzlich lauter und energischer.

„Aber sie hatte gar keinen Dienst an diesem Tag, den hatte sie getauscht. Also fuhr ich nach Hause und nahm mir vor, mir nichts anmerken zu lassen."

„Ist es Ihnen gelungen oder war das so ein Moment, in dem Ihnen die Hand ausgerutscht ist?" fragte Bauer in einer Art und Weise, als sei so ein Verhalten normal.

„Nein, kein Haar hab ich ihr gekrümmt! Hab sie gefragt, wie die Schicht war und sie log mir arschglatt ins Gesicht. ‚Eigentlich alles ruhig, ein Besoffener, der randalierte, sonst war nichts los', hat sie gesagt und ging ins Badezimmer."

„Sonst hatten Sie keinen Verdacht, dass ihre Frau einen Liebhaber haben könnte?"
fragte ich Herr Elsner und fügte hinzu, dass es ja durchaus noch weitere Gründe für so ein Verhalten geben kann.

„Nein – und vorstellen kann ich mir das doch auch nicht, wir haben die Kinder, die Datsche und in den Urlaub an die Ostsee wollten wir nächsten Monat."

„Vorhin hat ihr Kollege zu Ihnen ‚Else, das wird wieder' gesagt. Was hat er denn damit gemeint?"

„Ich hab ihm erzählt, dass ich denke, dass meine Annie einen anderen hat, aber er hat sich nur lustig gemacht. Musst es ihr halt richtig besorgen, hat er gesagt. Daraufhin hatten wir eine kleine Meinungsverschiedenheit, vielleicht auch mehr als das gehabt."
„Deswegen wurden Sie vom Arbeitsplatz verwiesen?" warf Bauer ein.

„Ja, wir hatten uns viehisch in den Haaren. Naja, aber Sie wissen ja, Pack schlägt sich, Pack verträgt sich. Er hat sich entschuldigt. Und ich war ja auch nicht ohne …"

„Herr Elsner, von uns aus war es das fürs erste. Bitte halten Sie sich für uns bereit, es werden sich bestimmt noch ein paar Fragen ergeben. Gehen Sie zu ihren Kindern, denn die werden Sie jetzt mehr denn je brauchen."
Ich gab ihm meine Hand und wünschte alle Kraft der Welt, um diese Zeiten durchzustehen.

„In seiner Haut möchte ich nicht stecken, der arme Teufel!" meinte Bauer zu mir als wir wieder im Auto saßen.

„Er wird es schaffen, seine Eltern gibt es auch noch, da muss die Familie jetzt zusammenhalten", sagte ich ein wenig lakonisch, wahrscheinlich damit es mich nicht selbst so sehr emotional belastete. Auch wollte ich gar nicht daran denken, wie es den Kindern wohl jetzt gehen würde und wie er es ihnen beibringt …

„Wie geht es ihrem Bauch? Kleine Stärkung? Könnte uns gut tun, oder?"
Gemeinsam fuhren wir in die Stadt um an der Imbissbude, die neben einem Kino steht, einen Boiler mit Kartoffelsalat zu essen. Broiler waren aus und so blieb es bei der BoWu.

„Überprüfen Sie dann bitte gleich, ob Elsner heute Nacht auf Arbeit anwesenden war, beziehungsweise, ob er die ganze Zeit da gewesen ist.
Seltsam, oder? Da beendet eine junge Frau ihr Leben. Eine Frau, die alles hatte, Mann, Kinder, Wohnung, Datsche, Auto, genügend Geld ... Sie musste sich doch um nichts sorgen, oder sehe ich das falsch?"

„... Und sogar einen Geliebten hatte sie", fügte Bauer hinzu. In dem Moment war ich mir nicht ganz sicher, ob das jetzt eher Ironie oder als Gewinn gemeint war.

„Was ich in gewisser Weise verstehen kann."

Bauer schaute mich an: „Ach kommen Sie!".

„Frauen haben auch ihre Bedürfnisse, hab ich mal gehört."

„Also ich denke, da geht schon länger was. Wir müssen den unbekannten Casanova finden" sagte Bauer, während er seinen Pappdeckel, auf dem seine Wurst gelegen hatte, zum Mülleimer brachte.

„Sie meinen also der Liebhaber, wenn es denn einen gibt, könnte etwas mit dem Tod der jungen Frau zu tun haben?"

„Zumindest fällt mir im Moment nichts Plausibleres ein. Wenn er nicht direkt mit dem Tod der Frau zu tun hat, dann möglicherweise indirekt. Vielleicht verliebte sie sich so sehr in ihn, dass sie nicht weiter leben wollte, wenn er sich nicht von seiner Frau trennt?"

„Warten wir mal ab, was die Kollegen von der Gerichtsmedizin zu sagen haben. Vielleicht wissen wir später mehr", ich schluckte den letzten Bissen runter und brachte meinen Pappteller ebenfalls zum Mülleimer.

„Sie prüfen bitte die Protokolle der Zeugenvernehmungen, die heute Morgen von der Schutzpolizei angefertigt wurden. Fangen Sie am besten mit denen an, die als Liebhaber der toten Frau infrage kommen könnten. Ich werde ihren Kolleginnen im Krankenhaus einen Besuch abstatten. Eventuell hat sie sich ja jemanden anvertraut. Soll ich Sie noch zu Dienstelle fahren?"

„Lassen Sie mal, die paar Meter bis da rüber bin ich schneller zu Fuß, als dass Sie den Autoschlüssel aus der Tasche gezogen haben", sagte Bauer vor sich hin lächelnd und lief los.

„Machen Sie heute aber nicht mehr so lange, ich brauche Sie morgen fit und ausgeruht", rief ich ihm noch hinterher, wohl wissend, dass er sicher bis spät in die Nacht an einem Berg von Protokollen sitzen würde.

Im Krankenhaus

Aufs Geratewohl machte ich mich dann auf den Weg ins Krankenhaus nach Zwickau, indem Annemarie Elsner gearbeitet hatte und laut Aussage des Ehemanns dort auch heute hätte sein sollen.

Gespannt darauf und in Gedanken, ob sie ihren Dienst getauscht, vielleicht sogar kurzfristig oder ob sie gar keinen Dienst hatte, kam ich nach kurzweiliger Fahrt an.

Im Foyer des Hauses ging es zu wie in einem Taubenschlag. Ärzte gingen eiligen Schrittes an mir vorbei, eine Schwester raste mit einem Bett den Gang entlang und zwischendrin ein älterer Mann, der seinen Tropf nebenher schob.

Ich mag keine Krankenhäuser, dass liegt vielleicht am Geruch und der Tatsache, dass man sich dort in der Regel nur aufhält, wenn etwas passiert ist. Auch so ein Beruf, zu dem man geboren sein muss, dachte ich und sprach eine Schwester an. Sie saß in einer Art Kabine mit Glasscheibe, in der sich ein kleines Sprechfenster, das man bei Bedarf öffnen konnte, befand.

Auf meine Frage nach der oder dem Vorgesetzten von Annemarie Elsner, gab mir die „liebreizende" – wie ich Drachen für gewöhnlich nenne – Empfangsschwester die Information, es auf Station 8 zu versuchen. Ihr Ton war so schroff, dass es mir schwerfiel mich höflich zu bedanken, tat es aber natürlich. Einen kleinen Unterton konnte ich trotzdem nicht ganz unterbinden.

Die Station 8 war im dritten Stockwerk. Dort angekommen, traf ich auf Schwester Berta. Sie war die Oberschwester und gab mir, noch bevor ich mich ausweisen konnte, zu verstehen, dass ich im Schwesternzimmer auf sie warten ‚möchte'.

Gute 10 Minuten ‚mochte' ich warten, dann kam sie gestresst und völlig entnervt zu mir ins Schwesternzimmer.

„Wie kann ich Ihnen helfen? Fassen Sie sich bitte kurz, heute ist hier der Teufel los!"

„Kriminalkommissar Hauptmann Baumann", stellte ich mich vor und fuhr kurz und bündig fort.

„Ich suche Sie wegen Annemarie Elsner auf. Sie arbeitet doch hier, oder?"

„Warum wollen Sie denn das wissen?
Sie suchen sie wohl schon?
Na das geht ja fix!
Erst hat sie gestern ihre Nachtschicht mal wieder kurz vor knapp getauscht und dann kommt sie

gleich gar nicht erst auf Arbeit. Aber das sage ich Ihnen, so geht das nicht. Diesmal muss ich das melden."

„Frau Elsner wird auch in Zukunft nicht mehr kommen, Schwester Berta!" warf ich ein und machte mir sogleich Sorgen, taktlos gewesen zu sein.

„Ach, isse jetzt abgehauen?"

„Hat Sie denn davon gesprochen?"

„Nein, nicht was Sie denken, rüber wollte sie nicht. Sie hatte aber einen kennengelernt mit dem sie viel unterwegs gewesen ist. Deswegen hat sie oft ihre Dienste getauscht. Ach Mensch, ihr armer Mann, der kann einem richtig leidtun."

„Kannten Sie Frau Elsner näher?"

„Ich nicht, da müssen Sie Schwester Kathrin fragen, sie ist ihre Freundin. Was ist denn nun mit Annemarie?"

„Es tut mir leid Ihnen sagen zu müssen, dass Frau Elsner tot ist, höchstwahrscheinlich Selbstmord." Die gestandene Oberschwester wurde auf der

Stelle aschfahl und setzte sich sichtlich betroffen, während sie sich am Tisch abstütze.

„Selbstmord?
Annemarie?

Das kann ich gar nicht glauben, dafür hatte sie doch viel zu viel Spaß am Leben."

„Wo finde ich denn Schwester Kathrin? Hat sie heute Dienst?"

„Nein, sie hat mit Annemarie getauscht und deren Nachtschicht übernommen, jetzt ist sie bestimmt zu Hause."

„Wann beginnt Ihr nächster Dienst?"
„Morgen hat sie Frühdienst und ist ab 06.00 Uhr da."

„Suchen Sie mir bitte ihre Anschrift raus, ich werde ihr es heute noch persönlich sagen. Sollte ich sie heute nicht mehr antreffen, werde ich morgen mit ihr reden. Sie werden vorerst niemanden von unserem Gespräch erzählen!"

„Ja, einverstanden, dann hole ich Ihnen jetzt schnell die Akte von Frau Wagner", sagte

Schwester Berta nun in einem ruhigen Ton, so als hätte sie schon lange keine klare Ansage mehr bekommen. Sie ging aus dem Raum in das Zimmer gegenüber und öffnete einen großen, schweren, grauen Aktenschrank. Flink durchsuchte sie mit ihren Fingern die Hängeordner und zog, nur Sekunden später, einen braunen Hefter raus.

„Frau Wagner wohnt hier in Zwickau, in der Ernst-Thälmann-Straße 394, nicht verheiratet, keine Kinder und ist sehr zuverlässig."

„Gibt es denn sonst noch etwas Wissenswertes über Frau Wagner?"

„Nicht das ich wüsste, wie gesagt, Frau Wagner ist immer besonders zuverlässig und hilfsbereit. Sie ist sehr beliebt bei ihren Kolleginnen."

„Gut, dann werde ich mal mein Glück versuchen. Vielen Dank und noch einen angenehmen Dienst."
Es war mittlerweile 20Uhr und so schön wie heute am Morgen die Sonne aufging, so schön ging sie gerade als blutroter Ball am Horizont wieder unter.

Die beste Freundin

Als ich wieder im Auto saß hielt ich kurz inne, schaute noch ein paar Momente lang gen Sonnenuntergang und dachte so für mich, dass wir meistens einfach nur so in den Tag hinein leben.

Gehen Arbeiten, begrüßen jeden Tag oberflächlich unsere Freunde und Bekannte und haben unsere Rituale, die triste Monotonie des Alltags eben.

Muss denn immer erst etwas Schlimmes passieren, damit wir erkennen, wie endlich unser aller Leben doch ist?

Aus Angst noch sentimentaler zu werden, startete ich alsbald den Motor und fuhr in Richtung Ernst-Thälmann-Straße, in der Frau Wagner wohnte. Gute 200 Meter vor dem Mehrfamilienhaus parkte ich meinen Wagen und ging das restliche Stück des Wegs zu Fuß. So ein Lada kann Aufsehen erregen und das konnte ich im Moment beim besten Willen nicht brauchen. In jeder Wohnung des Hauses war Licht zu sehen und die untere Haustür war nicht verschlossen. Ich beschloss also gleich ins Haus zu gehen um direkt an der Wohnungstür zu klingeln.

Ein schrilles -Rrrring- hallte durch das ganze Treppenhaus und unterbrach die angenehme Stille. Es hätte mich nicht gewundert, wenn gleich mehrere Türen aufgegangen wären.

„Ja bitte?" sagte eine blonde, ca. 175 cm große Frau zu mir, die gewisse Ähnlichkeiten mit Frau Elsner besaß.

„Sind Sie Frau Wagner?"

„Ja, bin ich, steht auch hier am Klingelschild." sagte sie schmunzelnd.

„Darf ich eintreten?"

„Na mal langsam mit den jungen Pferden, ich kenne Sie ja gar nicht!"
Darauf zeigte ich ihr meinen Dienstausweis und flüstere dazu ihr ins Ohr, dass ich von der Kriminalpolizei wäre.

„Darf ich jetzt eintreten?"

Symbolisch öffnete sie die Tür noch weiter und zeigte mir mit einer Armbewegung den Weg ins Wohnzimmer.

„Ich bin gleich bei Ihnen, ziehe mir nur noch etwas anderes an", rief sie mir aus einem anderen Zimmer zu. Anscheinend hatte sie heute nichts mehr vor, denn im Fernsehen lief gerade „AHA - Telefon des Vertrauens". Der Fernseher war ein älterer Raduga. Spirituosen und Gläser standen auch nicht im Zimmer und es war nicht aufgeräumt. Jedenfalls nicht so, als würde man noch jemanden erwarten. Als Frau Wagner den Raum betrat, versuchte ich zunächst ein wenig Vertrauen aufzubauen und machte einen kleinen Witz über ihren Fernseher.

„Den dürfen Sie aber nicht so lange unbeobachtet lassen", sagte ich lächelnd zu ihr.

„Ich weiß, aber wenn er in Flammen aufgeht, dann wenigstens in Farbe" konterte sie schlagfertig.

„Es sei denn, Sie schauen Westfernsehen, dann brennt er nur in Schwarz-Weiß oder ist er nachgerüstet?"

„Ich habe ihn gebraucht gekauft, da war er schon fertig ausgestattet. Aber sagen Sie: Deswegen sind Sie doch nicht hier oder?"

„Nein Frau Wagner, was ich Ihnen sagen muss, fällt mir so schwer, dass ich lieber noch ein wenig mit Ihnen über ihren Fernseher geredet hätte."

„Nun kommen Sie schon, ist doch niemand gestorben, oder?" sagte sie völlig ahnungslos.

„Frau Elsner, ihre Kollegin, wurde heute Morgen tot aufgefunden, Selbstmord", fügte ich noch hinzu.

„Wollen Sie was trinken?", fragte sie mich und wirkte abwesend.

„Danke, ich bin im Dienst."

„Was ist passiert? Wir haben doch gestern noch miteinander geredet! War es ein Unfall?"

„Trinken Sie erst mal einen kleinen Schluck, vielleicht beruhigt Sie das etwas. Wie gut kannten Sie denn Annemarie? Schwester Berta sagte mir, Sie seien ihre beste Freundin."
Mit den Tränen kämpfend antwortete sie mir, dass sie bereits gemeinsam in der Ausbildung waren und dass sie von jeher beste Freundinnen gewesen sind.

„Hätten Sie gedacht, dass sie sich etwas antun könnte?"

„Die Annie? Nie hätte ich das gedacht!"

„Sie wissen doch bestimmt auch wie es um die Ehe der Elsners stand, oder?"

„Bis vor ein paar Wochen konnte man bei den beiden nicht mehr von Ehe sprechen. Sie ist mit den Kindern ausgezogen, weil Wolfgang sich mehr und mehr um den Verstand getrunken hat."

„Wissen Sie warum er getrunken hat?"

„Eifersüchtig war er, wie ein Verrückter."

„Hatte er denn Anlass dazu?"

„Na ja schon, aber auch wieder nicht. Die Annie hatte jemanden kennengelernt, mit dem ist sie auch einige Male ausgegangen ist. Sie war faszi- niert von seiner eloquenten, charmanten Art und seinem Wartburg. Ein paar Mal waren sie zusam- men Essen und nach Leipzig sind sie mal gefah- ren, ‚bissel Großstadtluft schnuppern', meinte sie zu mir. Aber im Bett waren sie nie zusammen, Fremdgehen könnte sie Wolfgang niemals antun. Außerdem brach sie vor ein paar Wochen die Be- ziehung ab und sprach auch nicht mehr über ihn. Am Anfang bat sie mich mit ihr den Dienst zu tauschen um Zeit zu haben sich zu treffen. Aber der Wolfgang hat richtig um Sie gekämpft, keinen Alkohol mehr getrunken, um die Kinder hat er sich mehr denn je gekümmert, hat sie sogar mit Blumen in der Hand von Arbeit abgeholt. Neidisch konnte man da werden."

„Haben Sie denn mal den Mann mit der, ich zitiere: ‚eloquenten, charmanten Art' kennengelernt?"

„Den Alex? Klar! Annie und ich haben mehrmals darüber geredet, wie es denn mit ihm ist. Sie wissen schon, so Frauengespräche. Wie gesagt, sie sagte ihn komplett ab. Als er sie dann aber doch nochmal abholen wollte, kam ich ihm wohl in die Quere. Erst haben wir ein wenig rumgeflachst, dann hat er mich auf einen Kaffee eingeladen."

„Und Sie waren einverstanden?"

„Anfänglich musste ich an Annie denken, aber da sie ja alles beendet hatte, verheiratet ist und zwei Kinder hat, fühlte ich mich nicht ganz so schlecht. Ein paar Tage später habe ich ihr dann auch alles erzählt."

„Wie hat sie darauf reagiert?"

„Wie Annie ebenso war, ‚nimm Dir nur meine Abgelegten‘, sagte sie. Naja, was hätte sie denn auch sagen sollen? Sie konnte mir ja schlecht den Umgang mit ihm verbieten.“

„Dieser Alex, ist er ein Zwickauer?“

„Nein, er wohnt in Werdau, in einem Eigenheim!“ fügte sie hinzu, als würde das irgendetwas rechtfertigen.

„Was können Sie mir noch über ihn sagen?“

„Nur das er verheiratet ist und Kinder hat, die bei ihm leben. Jetzt denken Sie bestimmt ‚wie schamlos muss man denn sein, um mit einem verheirateten Mann etwas anzufangen‘, aber die Ehe der beiden ist so gut wie geschieden.“

„Haben Sie sich mal gemeinsam über Frau Elsner unterhalten?“

„Er mochte sie wohl schon sehr, nur sie war verheiratet und hielt an der Ehe mit Wolfgang fest und ein wenig prüde war sie wohl auch, meinte Alex. Er hat gesagt: ‚Das Leben ist viel zu kurz um in eine schlecht gewordenen Beziehung noch

Kraft zu investieren'.“

Man konnte leicht den Eindruck bekommen, dass sie über beide Ohren in diesen Alex verliebt war, so wie sie von ihm schwärmte. In mir kam unwiderruflich der Drang auf, ihn zu befragen.

„Können Sie mir bitte den vollen Namen von Alex nennen?“

„Alexandro Jakobi“, schoss es wie aus einer Pistole.

„Eine Adresse haben Sie sicher auch, oder?“

„Nein, ich war zwar schon mit ihm in Werdau, aber er hat sein Auto vor dem Haus geparkt und mich gebeten sitzen zu bleiben, damit seine Frau sich nicht so sehr aufregt, was ihm dann wieder die Laune verderben würde. Es muss jedenfalls das letzte Haus in der Ringstraße gewesen sein, genauer habe ich das nicht mitbekommen.“

Es ist inzwischen 23Uhr, mit der Müdigkeit kämpfend, sagte ich zu Frau Wagner, dass es morgen wieder ein langer Tag werden wird und dass sie nun versuchen solle zu schlafen.

„Ich gebe Ihnen noch meine Telefonnummer. Sollte Ihnen noch irgendetwas einfallen, weswegen sich Frau Elsner etwas angetan haben könnte, dann melden Sie sich bitte umgehend."

„Versprochen."
Danach verließ ich ihre Wohnung und setzte mich in meinen Dienstwagen. Da das Licht bei Frau Wagner noch eingeschaltet blieb, beschloss ich zu warten. Gute 50 Meter weiter war eine Telefonzelle. Es hätte ja sein können, dass sie, aus welchen Gründen auch immer, noch jemanden anrufen wollte. Das würde mich doch sehr interessieren. Ich versuchte mir das abstruse Verhältnis der beiden vorzustellen, was mir zugegebenermaßen nicht recht gelingen wollte.
Endlich, nach 20 endlosen Minuten ging das Licht bei Frau Wagner aus, ohne dass sie das Haus noch einmal verlassen hatte.

Zweifel

Am nächsten Morgen traf ich mich mit Leutnant Bauer in meinem Dienstzimmer.

„Die Befragung der Anwesenden hat keine neuen Erkenntnisse gebracht. Genosse Baumann. Ein Bürger wollte den Bahnhof verlassen. Es stellte sich aber heraus, dass er hätte auf Arbeit sein sollen, was ihm aber wegen seines Zustandes nicht möglich war. Daraufhin habe er Angst bekommen, es könne seinem Ruf schädigen. Ich habe seine Aussagen auch gleich geprüft. Offenbar ist es ihm schon gelegentlich passiert, dass er nicht pünktlich auf Arbeit kam. Alle anderen Anwesenden haben nur gesehen, dass da jemand lag, was ebenfalls stimmig zu sein scheint. Widersprüchlichkeiten konnten keine erkannt werden."

„Gute Arbeit Bauer, ich habe mir das bereits gedacht", sagte ich zu ihm.

„Besser sieht es bei mir auch nicht aus. Zumindest habe ich etwas über den Liebhaber von Frau Elsner erfahren. Alexandro Jakobi heißt der Mann. Er ist auch der Bewunderer ihrer besten Freundin. Die beiden haben sich, bewusst oder unbewusst, wohl über einen nicht bekannten

Zeitraum hinweg, den Mann miteinander und mit der Ehefrau geteilt. Die Ehe sei aber zerrüttet, laut Frau Wagner. Frau Wagner scheint auf eine Art feste Beziehung hinzuarbeiten, sie vergöttert den Mann jedenfalls unheimlich."

„Weiß seine Ehefrau davon?"

„Vermutlich noch nicht. Wir brauchen jetzt den Aufenthaltsort von Jakobi und ich würde Sie bitten zu Elsner zu fahren, um mit ihm zu rekonstruieren, wann seine Frau gearbeitet hat und wann nicht. Dies gleichen Sie dann bitte mit den Dienstplänen ab. Die Pläne bekommen Sie von Schwester Berta, eine ganz Nette", sagte ich mit einem kleinen Lächeln im Gesicht und gab ihm noch den Rat, sie mit Samthandschuhen anzufassen.
„Ich fahre jetzt ins Gerichtsmedizinische Institut und versuche genauere Informationen über Frau Elsners Ableben zu bekommen."

Bauer schaute mich grinsend an.
„Frau Dr. Draganowa treffen, wie? Sie sollten sie nicht immer nur im Institut besuchen."

„Was meinen Sie denn damit?" fragte ich, ohne eine Antwort hören zu wollen. Über Bauers Redensart war ich ungeheuer erstaunt, weil er einen wunden Punkt traf, den ich anscheinend schon gar nicht mehr verbergen konnte. Schon halb zur Tür hinaus, drehte ich mich noch einmal um und fragte Bauer: „Wie sehen Sie eigentlich aus? Haben Sie die Nacht durchgemacht?" Er hatte Augenringe, als hätte er schon Wochen keine Sonne mehr gesehen.

„Fast, bis auf zwei Bürger habe ich gestern alle Zeugen bereits besucht, um die Protokolle abzugleichen. Ich war u.a. beim Lokführer, der überhaupt nur zufällig etwas von dem Unglück mitbekommen haben will. Als er wegen des Signales auf dem Nachbargleis nach hinten schauen musste, entdeckte er, dass ‚etwas', wie er sich ausdrückte, auf seinem Gleis lag. Ich konnte mir es nur sehr schwer vorstellen und er konnte mir auch nicht wirklich beschreiben, wie die Sicht auf der Lok ist. Er hat mich also eingeladen, mit auf seine Lok zu kommen. Das war heute früh, 5:30Uhr wohlgemerkt. Man sieht übrigens wirklich nicht, wenn jemand oder etwas direkt vor der Lok ist."
Mit der Hoffnung, dass es heute nicht wieder für meinen Kollegen so ausufert, ging ich und stieg ins Auto. Ich hätte noch einen Kaffee trinken sollen, dachte ich. Da Bauer völlig übermüdet

war, fühlte ich mich nicht wohl bei dem Gedanken, dass ich ihn auch noch den Aufenthaltsort von Jakobi recherchieren ließ.

„Ich werde das heute Abend mit einem Bierchen wieder gut machen", sagte ich mir, um mein Gewissen ein wenig zu beruhigen. Auf dem Weg nach Zwickau dachte ich nach, warum Frau Elsner in Werdau gewesen war und ob wir uns in etwas hineinsteigerten, wo vielleicht gar nichts gab. Vielleicht war sie wirklich des Lebens überdrüssig und es kam zu einer Kurzschlusshandlung?

Die attraktive Frau in den 40ern

Im Gerichtsmedizinischen Institut war ich schon oft, z.B. um mit Hinterbliebenen Familienangehörige zu identifizieren. Ich werde mich wohl nie an diese Anblicke gewöhnen, wenn sie da so liegen, aufgebahrt, mit zugenähtem Torso, blass und starr. Mein größter Respekt gebührt den Gerichtsmedizinern. Sie enthüllen doch fast immer die letzten Geheimnisse der Verstorbenen und nicht selten, können Täter erst nach einem gerichtsmedizinischen Gutachten dingfest gemacht werden. Nach kurzem Suchen traf ich die diensthabende Pathologin, Frau Dr. Draganowa. Eine attraktive Frau in den 40ern, ungefähr meines Alters, nur dass die Zeit wesentlich liebevoller mit ihr umgegangen ist. Sie ist ein Mensch, der einem allein durch ihre eloquente Ausdrucksart ein Gefühl von Minderwertigkeit vermitteln kann. Die Tatsachen, dass man zu ihr „Frau Doktor." sagen muss und ihre makellose Erscheinung, machten die Sache nicht besser.

„Ah Kommissar Baumann, seien sie gegrüßt. Habe ich Recht mit der Annahme, dass sie wegen der Einlieferung von gestern, Frau Elsner, hier erschienen sind?"

„Frau Doktor!" begrüßte ich sie und nickte dabei mit dem Kopf, „können Sie hellsehen?"

„Ich bitte Sie, wenn Sie sich schon die Mühe machen mich persönlich zu besuchen, dann muss es etwas Wichtiges sein."

„Wenn die Hintergründe nicht immer so tragisch wären, würde ich Sie öfters besuchen kommen", sprach ich schneller aus, als ich denken konnte. Habe ich gerade geflirtet?

„Haben Sie denn schon etwas für mich?" fügte ich schnell an, um unsere gewohnt professionelle Ebene wieder zu erlangen.

„Kommen Sie bitte", sagte sie und ging in den Raum, in dem Frau Elsner, komplett mit einem Tuch bedeckt, auf einem Edelstahltisch lag. Unauffällig und mit einem flauen Gefühl in der Magengegend folgte ich ihr bis wir beide am Tisch mit Blick auf die Leiche standen.

„Das kommt ganz auf ihren Wissensstand bezüglich Frau Elsner an und was Sie sich hoffen zu erfahren. Allgemein kann ich Ihnen nur sagen, dass aufgrund der Tatsache, dass die Tote unmittelbar vor dem Unfall Geschlechtsverkehr hatte, keine

Gewalt in Form von Schlägen oder Würgen nachgewiesen werden konnte.

Aber wie Sie ja wissen, schließt ein Nicht-Vorhandensein derartiger Verletzungen eine Vergewaltigung nicht aus!

Es gibt auch keine eindeutigen äußeren Merkmale, wie z.B. Hämatome an Hals, Armen oder an den Oberschenkelinnenseiten. Genitale und/oder extragenitale Verletzungen konnten ebenfalls nicht dokumentiert werden, gleiches gilt für den Rest ihres Körpers. Alles spricht dafür, dass kurz vor ihrem Tod GV in beiderseitigem Einverständnis stattgefunden hat. Die Todesursache ist eindeutig die Kollision mit der Lok und den daraus resultierenden Verletzungen, welche für einen solchen Unfall typisch sind.

Des Weiteren ist anzumerken, dass Frau Elsner weder unter Einfluss von Drogen noch unter Einfluss von Alkohol stand. Spuren eines Hypnotikums sind ebenfalls nicht zu dokumentieren. Meine Assistentin wird Ihnen das aber noch formell und ausführlich aushändigen."

„Aha. Frau Doktor., was denken Sie, wie es passiert sein könnte?"

"Nun, Sie können sich sicher denken, dass der Bereich ihres Körpers, der von der Lok, beziehungsweise dem Rad der Lok, überrollt wurde, nicht aussagekräftig ist. An dieser Stelle hätte man eventuell Spuren in Form von Hämatomen, Abdrücken oder Verunreinigungen sehen können."

„Sie könnte also einen Tritt oder Stoß in den Brustkorb bekommen haben?"

„Natürlich!" Frau Dr. Draganowa bückte sich und zog eine Schublade auf, aus der sie einen 30 cm x 50 cm großen Edelstahlbehälter nahm. In dem Behälter lagen Kleid, Büstenhalter, Slip, Ehering und Handtasche der Toten.

„Schauen Sie mal hier: Das ist das Kleid der Verstorbenen. Es ist, bis auf den Kragen und weite Teile unterhalb der Hüfte, nahezu komplett mit Blut verschmiert. Da kann man leider nichts erkennen." Dann breitete sie das Kleid aus und legte mit einer Pinzette die zerrissenen Teile des Kleides wie ein Puzzle zusammen. Danach legte sie die Handtasche neben das Kleid.

„Sehen Sie, durch das Riemchen ergibt sich die Tragehöhe, die Tasche liegt jetzt in etwa der Höhe, in der bei Frau Elsner die stärksten Verletzungen sind. Entweder hat sie sie in der Hand getragen und ließ sie fallen oder die Tasche wurde ihr hinterhergeworfen."

„Letzteres würde erklären, warum die Tasche ganz links zwischen Bahnsteig und Gleis lag. Sie könnte geworfen worden sein, prallte an der Lok ab und fiel nach unten", fügte ich hinzu und fühlte mich in meiner bisherigen Annahme bestätigt.

„Sonst kann ich Ihnen leider keine weiteren Informationen geben."

„Sie glauben gar nicht, wie sehr Sie mir mit diesen Informationen bereits geholfen haben, Frau Doktor."

„Immer wieder gern!" Für einen kurzen Moment trat eine unangenehme Stille ein, die ich mit aller Kraft unterbrechen wollte.

„Na schön, dann werde ich mal gehen." ,sagte ich und ging schnellen Schrittes zur Tür hinaus.

Man, wie konnte ich nur, „Na schön, dann werde ich mal gehen", sagen. Was habe ich mir nur dabei gedacht? Hätte ich mich noch mehr für ihre schnelle Arbeit bedanken und sie vielleicht auf einen Kaffee in der Krankenhauscafeteria einladen sollen? So viele Jahre kenne ich sie schon und immer noch fehlen mir die passenden Worte. So wird das wohl nie was. Na wenigstens weiß ich nun mehr über die Verstorbene, bin doch mal gespannt, was dieser Jakobi zu sagen hat."

Etwas Licht im Dunklen

Mit dem Gedanken im Hinterkopf, dass ich meinen Bericht von gestern noch anfertigen musste, fuhr ich zurück in die Dienststelle. Bauer war auch schon da und saß an seinem Schreibtisch mit einem ausgebreiteten Sammelsurium an Dienstplänen. Auf meinem Tisch lag bereits die Akte von Alexandro Jakobi, die ich im Vorbeigehen, um bei Bauer hereinzuschauen, sah.

„Danke für die Akte, Kollege. Sind das da die Dienstpläne von Frau Elsner?"

„Jawohl und das sind die Dienstpläne von Herrn Elsner, die Dienstpläne von Frau Wagner und die Dienstpläne von Alexandro Jakobi. Jetzt sagen Sie nichts mehr, oder?"

„Kann man denn schon irgendetwas daraus erkennen?"

„Allem Anschein nach kann man sagen, dass fast immer, wenn Herr Elsner zur Nachtschicht war, seine Frau keinen Dienst hatte. Wenn sie Dienst gehabt hätte, tauschte sie mit Frau Wagner. Das ging bis vor ein paar Wochen so, dann tauschte sie offenbar den Dienst nicht mehr. Es gab aber trotzdem noch immer Möglichkeiten sich zu treffen, da einige Dienste einfach so passten. Jakobi wiederum, übrigens inoffizieller Mitarbeiter des Ministeriums für Staatssicherheit, arbeitet nur tagsüber und ist für die Beschaffung von Material zuständig. Mehr habe ich jetzt noch nicht erkennen können. Konnten Sie denn wenigstens etwas Neues in Erfahrung bringen? Ach so, dass hätte ich beinahe vergessen, Herr Elsner war in der Nacht und am Morgen auf Arbeit, laut seines Vorarbeiters, gab es auch nicht die kleinste Möglichkeit sich unbemerkt zu entfernen."

„Dann haben wir da auch einen Verdachtsmoment weniger. Sonst kann ich auch noch nichts sagen, außer dass Frau Elsner ihre Liaison anscheinend aufrechterhielt. Kurz vor ihrem Tod hatte sie wohl noch einvernehmlich Geschlechtsverkehr."
Bauer hakte ein: „Jakobi ist verheiratet und bändelt also gerade mit der Wagner an, ja? Da war die Elsner vielleicht zu viel des Guten? Wäre doch ein Motiv, oder?"

„Ein Motiv könnten aber auch Jakobis Frau, die Wagner und Herr Elsner gehabt haben. Könnte ja sein, dass Herr Elsner herausfand, wie lange und vor allem, in welcher Intensität das Verhältnis bestand, denn Frau Wagner erzählte mir, dass Annemarie Elsner wohl kein sexuelles Interesse an Jakobi hatte und dass da nichts gelaufen sei. Sie hätte lediglich seine Gegenwart genossen, aber wie wir jetzt ja wissen, hatte sie Verkehr."

„Den sie aber nicht zwangsläufig mit Jakobi gehabt haben muss …"

„Was ist das für eine Welt? Aber Sie haben Recht, es kann auch noch einen anderen Mann geben. Gut, ich würde vorschlagen, Sie fahren zu Jakobis Frau und ich werde Herrn Jakobi kennenlernen."

Doch bevor ich mich auf den Weg machte, studierte ich noch die Akte Jakobi, welche recht umfangreich war, so dass ich mir ein Bild von ihm machen konnte. Die Kunst besteht darin, egal was drin steht, stets ohne Vorurteile ans Werk zu gehen. Auf der Fahrt zum Betrieb, in dem Herr Jakobi arbeitet, musste ich auch noch kurz an Herrn Elsner denken. Wie er das jetzt mit seinen Kindern wohl macht? Und irgendwie bin ich heilfroh für ihn, dass er ein wasserdichtes Alibi hat.

Jakobis Arbeitsstelle

Der Betrieb stellt Messcomputer, Impulszähler, Zahnräder und elektronische Steuerungen für Waschmaschinen her. Jakobi hatte dort eine sehr elitäre Aufgabe und wird sicher auch nicht schlecht verdienen. Immerhin, einen Wartburg Tourist zu fahren, muss man sich leisten können. Das Haus, in dem er mit seiner Frau und den zwei Kindern wohnt, gehört jedoch seiner Mutter, um die er sich seit Jahren kümmert. So steht es in zumindest in seiner Akte. Ich fragte mich zwar, wie das geht, aber offensichtlich scheint er ja einen Weg gefunden zu haben, denn weiter geht aus seiner Akte hervor, dass er mit zwei weiteren Frauen, jeweils zwei Kinder hat. Ich müsste lügen, wenn ich, ob der Tatsache, wie gut er bei den Frauen ankommt, nicht auch ein klein wenig neidisch war.

Nicht auf seine Kinder, für die er keinen Unterhalt bezahlt, weswegen er erst letztes Jahr auch einen Termin vor Gericht hatte. Viel mehr war ich darauf neidisch, dass es Menschen gibt, die ihre Gefühle ausdrücken können und die Gabe haben, die richtigen Worte zum passenden Zeitpunkt sagen zu können.

Das fiel mir schon immer schwer und wird wohl auch ein Grund dafür sein, weswegen es eine Frau noch nie lange mit mir aushielt. Als ich im Betrieb ankam, war der Eingang zum Hauptgebäude offen und es gab keinerlei Kontrolle. Ich ging also direkt in die Personalabteilung, um mich nach Herr Jakobi zu erkundigen. An der Tür stand: „Frau Kraft - Personalbüro".

Frau Kraft war die Sekretärin des Personalleiters und saß hinter einer elektrischen Schreibmaschine. Sie trug eine Brille mit Kordeln daran, ihr grau meliertes Haar hatte sie kurz und gelockt.

„Sie wünschen?" fragte sie mich, anscheinend ein bisschen erstaunt.

„Baumann, Kripo", stellte ich mich vor und zeigte ihr im gleichen Atemzug meinen Dienstausweis.

„Ach so, setzten Sie sich bitte. Darf ich Ihnen einen Kaffee anbieten?"

„Sehr gern! Und können Sie mir Auskunft über Herrn Jakobi geben, nämlich wo er sich z. Z. befindet"

„Nichts lieber als das", sagte sie und holte eine Tasse, in die sie Kaffee aus einer Thermoskanne eingoss. Dann setzte sie sich wieder, nahm den

Hörer ihres Telefons ab und wählte eine kurze Nummer. Fast ohne Verzögerung meldete sich eine männliche Stimme am anderen Ende der Leitung, die ich aber von meinem Platz aus nicht verstand. Frau Kraft sagte der Person, dass sie sich bitte unverzüglich im Personalbüro einfinden möchte.

„Herr Schiffer wird gleich bei uns sein. Er ist für die Koordination zuständig und, wenn mich nicht alles täuscht, auch ein guter Freund von Jakobi."

„Kennen Sie denn Herr Jakobi?"

„Kennen ist zu viel gesagt, aber er ist ein charmanter Mann, immer wenn wir uns sehen, grüßt er freundlich oder hält mir die Türe auf - sehr zuvorkommend. Gibt es ja heute nicht mehr so viele von dieser Sorte!"

In diesem Moment betrat, nach einem flüchtigen Klopfen, Herr Schiffer das Büro und stellte sich mir vor. Schiffer war ein mittelgroßer Mann, von normaler Statur, mit schwarzen, zur Seite gekämmten Haaren und einer markanten aber etwas schiefen Nase.

„Guten Tag, Schiffer! Was kann ich Ihnen antun?" fragte er mich witzelnd.

„Baumann, Kripo. Gibt es einen Raum, wo wir ungestört reden können?"
Als ich das sagte, schaute Frau Kraft ganz verdutzt, als hätte ihr jemand den Fernseher ausgeschaltet.

„Kommen Sie mit in die Produktion, wir setzen uns zu mir." Auf dem Weg dorthin, erzählte er mir, dass „der alte Drachen" wie hier alle Frau Kraft nennen, scharf auf ihn gewesen sei.
Das Büro in der Produktionshalle ist ein gläserner Raum, mit ca. 8 m² Grundfläche. Vom Schreibtisch in der Mitte konnte man alle Teile der Produktion einsehen.

„Ich möchte eigentlich zu Herrn Jakobi", sagte ich ihm und wollte auf Frau Kraft gar nicht weiter eingehen.

„Was hat er denn nun wieder ausgefressen?"

„Gibt es denn öfters Vorkommnisse?" Schmunzelnd meinte er: „Nein, nichts Wildes, nur seine Weibergeschichten bringen ihn noch mal ins Grab, das will ich damit sagen, mehr nicht."

„Wie meinen Sie das genau?"

„Na, dass er an jedem Finger eine Andere hat, meine ich damit."

„Ist er denn heute da oder wo kann ich ihn antreffen?"

„Nein, heute ist Jakobi nicht da, aber lassen Sie mich mal schauen, dann kann ich Ihnen ganz genau sagen, wo er stecken müsste."
Er suchte kurz auf seinem Schreibtisch, nahm dann einen Hefter, den er von hinten aufblättere:

„Er ist heute gerade im VEB Mikroelektronik in Mühlhausen. Wir brauchen nämlich neue Platinen."

„Wie lange wird er dort vor Ort sein?"

„Müsste heute noch zurückkommen. Er ist seit gestern dort."

„Wann ist er denn gestern los?"

„Hat er was ausgefressen?"

„Beantworten Sie bitte meine Frage."

„Ist ja schon gut. Gegen 20 Uhr sollte er zurück sein und muss dann noch das Auto tauschen, die Abrechnung erstellen und seinen Bericht schreiben."

„Gut, sagen Sie ihm bitte, dass er sich morgen früh unverzüglich bis spätestens 9.00 Uhr auf der Dienstelle einfinden soll."

Merklich angespannt erwiderte Schiffer: „Geht seinen Gang!" und legte den Hefter wieder ab.

„Sagen Sie bitte, wann ist er denn gestern los? Können Sie mir in etwa eine Zeit nennen? Gegen 8.00 oder 9.00 Uhr?"

„Wenn's weiter nichts ist, das kann ich Ihnen auf die Minute genau sagen!"

„So?"

„Ja, sicher! Nur leider nicht sofort. Dazu muss ich in der EDV Abteilung nachfragen, wann er das Tankscheinheft ausgehändigt bekommen hat."

„Und das haben Sie da auf die Minute genau?"

„Ja, jeder, der einen Dienstwagen bekommt, bekommt die Fahrzeugmappe und Tankscheine, die Ausgabe muss unterzeichnet werden. Wir haben dieses System eingeführt, damit man immer sehen kann, wann und wie lange ein Fahrzeug unterwegs ist. Schäden und Verbrauch werden ebenfalls auf diese Weise protokolliert."

„Dann bitte ich Sie mir die Unterlagen schnellstmöglich auszuhändigen!"

„Haben Sie morgen Mittag auf dem Tisch", einverstanden nickte ich mit dem Kopf und verließ den Raum. Durch einen Gang, vorbei an Tischen mit feinster Mikroelektronik, fand ich zum Ausgang zurück. 18.30 Uhr war es, als ich wieder im Auto saß und vor der Frage stand, ob ich warten sollte, um Jakobi zu observieren, oder ob ich noch mal in die Dienstelle fahre, um mich mit Bauer auszutauschen.
Da auch noch ein Bericht anzufertigen war, entschied ich mich für Letzteres und fuhr zur Dienstelle. In diesem Moment ärgerte ich mich einmal mehr über unser kaputtes Funkgerät im Auto, das jetzt schon seit gut 5 Tagen keinen Ton mehr von sich gab, nur weil ein defekter Kondensator nicht lieferbar war.

Es muss so gegen 20 Uhr gewesen sein, mein Bericht war schon fast fertig, als Bauer den Raum betrat.

„Genosse Bauer", begrüßte ich ihn, „Wie war Ihr Nachmittag?"

„Ernüchternd, neue Erkenntnisse gibt es nicht. Frau Jakobi ist zur Kur in Bad Elster, Sie war auch definitiv vor Ort zum Tatzeitpunkt, das habe ich bereits überprüft. Jakobis Mutter ist übrigens nicht besonders gut auf ihn zu sprechen, für sie ist er ein Herumtreiber. Dann habe ich noch seine beiden Exfreund innen besucht, mit denen er gemeinsame Kinder hat.
Angela Schwarz, Mutter von drei Kindern, zwei stammen von ihm ab und Sibylle Berger, Mutter von zwei Kindern, beide von ihm. Das Interessante ist, dass er es anscheinend immer hinbekommen hat, dass die Frauen nichts voneinander gemerkt haben.
Frau Angela Schwarz und Sibylle Berger sind jedenfalls eine Art Konstante in seinem Leben."

„Das müssen Sie mir jetzt aber mal näher erklären."

„Nichts einfacher als das: Christiane Schwarz geboren 1981, Christine Schwarz 1977, Jan Berger 1973, Julia Berger 1980 geboren. Oder nochmal anders: Erst war er bei Frau Berger, zeugte den gemeinsamen Sohn Jan, dann zog es ihn wohl zu Frau Schwarz, mit der er Christine zeugte, dann wurde er ihr anscheinend wieder überdrüssig und er zeugte Julia mit Frau Berger. 1981 war er dann wieder mit Frau Schwarz liiert und zeugte Christiane."

„Gut, das ist nicht besonders charmant, sagt aber auch nicht viel aus", gab ich zu bedenken und fragte „könnte denn eine der Frauen ein Motiv haben? Eiersucht vielleicht?"

„Beide Frauen kennen sich und haben sich anscheinend mit der Situation abgefunden, mehr noch, sie sind sogar Freundinnen geworden. Ein Alibi haben Sie auch: Frau Schwarz war mit ihren Kindern und ihrem Mann, der im Übrigen denkt, die Kinder sind von ihm, schon sehr früh in der Poliklinik, da Christiane starke Bauchschmerzen hatte. Sie wurde dann auch ins Kreiskrankenhaus eingewiesen mit Verdacht auf Salmonellen. Frau Berger hatte Nachtschicht, Sie ist Hebamme im Krankenhaus Werdau und half einem Neugeborenen das Licht der Welt zu erblicken."

„Und das haben Sie heute alles in Erfahrung gebracht?", fragte ich Bauer wertschätzend.

„Im Gegensatz zu Ihnen konnte ich nicht so viele Informationen sammeln. Jakobi war heute noch in Mühlhausen, laut Aussage seines Kollegen ‚Schiffer' musste er zur möglichen Tatzeit ebenfalls schon unterwegs gewesen sein. Die Unterlagen bringt uns Schiffer morgen. Die benutzen da für die Fahrzeugverwaltung ein neues EDV System. So kann man auf die Minute genau sehen, wer und wann, mit welchem Auto und Fahrziel den Betrieb verlassen hat", antwortete ich Bauer und fügte einen Atemzug später an: „Wissen Sie was, Kollege Bauer, wir schreiben noch unsere Berichte, dann ist für heute Feierabend!"

„Das lasse ich mir nicht zweimal sagen", antwortete Bauer und setzte sich an seinen Schreibtisch."

Ich treffe Jakobi

Der Samstag begann dann für mich sehr früh. Mit dem ganzen Wissen, dass Bauer über Jakobi gesammelt hatte, legte ich mir ein „Faden" für mein Verhör zurecht. Es war bereits 8 Uhr und ich wartete schon über eine Stunde, dann beschloss ich, Jakobi abholen zu lassen. Gerade als ich zum Hörer griff und die Nummer des zuständigen Genossen der Schutzpolizei wählen wollte, fiel mir wieder ein, dass ich zu seinem Kollegen Schiffer sagt hatte, Jakobi möchte sich bis 9 Uhr einfinden. Umso erstaunter war ich, als es just in diesem Moment an meiner Tür klopfte.

„Herein bitte!"
Die Tür öffnete sich und es trat ein ca. 1,75 Meter großer Mann mit dunklen, mittellangen Haaren und einen Schnauzbart ein. Sein Gesicht war markant, zeigte aber eher weichen Linien, er hätte gut als Pilot zur Flugzeug-Crew der Serie „Treffpunkt Flughafen" gepasst.

„Jakobi mein Name, Herr Baumann möchte mich sprechen", sagte er mit einer Selbstsicherheit, wie ich sie in diesem Raum nur selten erlebt habe.

„Dann sind Sie hier richtig. Kommissar Hauptmann Baumann. Bitte setzen Sie sich und vielen Dank, dass Sie pünktlich sind."

„Das ist doch Ehrensache Genosse Hauptmann! Ich habe vom Selbstmord Annemaries bereits gehört, Kathrin, Frau Wagner, hat mir schon erzählt, dass sich Annemarie etwas angetan hat. Ich kann es ehrlich gesagt gar nicht richtig glauben. Sie war so lustig und hatte wieder Mut gefasst. Aber bitte entschuldigen Sie, wie kann ich Ihnen behilflich sein?"

„Was war zwischen Ihnen und Frau Elsner?"

„Wir waren im Prinzip nur gute Freunde, unsere Beziehung, wenn man das so nennen kann, hatte ihre beste Zeit als Annemarie sich von ihrem Mann trennte und bei ihren Eltern einzog. Eigentlich redeten wir nur über so Dinge, z.B. dass wir unzufrieden in unserer Ehen wären. Uns hat immer verbunden, dass wir zwar Freunde sind und einen Partner haben, aber trotzdem einsam waren. Keiner hat das bisher so gut verstanden. Ich weiß ja, dass mir ein gewisser Ruf voraus eilt, aber glauben Sie mir bitte, die Annemarie war wirklich etwas Besonderes für mich. Sie war wirklich ganz anders."

„Können Sie mir etwas über dem letzten Mittwoch erzählen, z.B. wann Sie sich mit Frau Elsner getroffen haben und wie Sie dann den Tag verbrachten?"

„Sicher! Wir trafen uns immer, wenn ihr Mann Nachtschicht hatte, sie tauschte dann auch mal einen Dienst, damit es passte."

„So auch am Mittwoch?"

„Genau, nur der Mittwoch sollte unser letztes Treffen sein, sie wollte zurück zu ihren Mann. Sie meinte, dass es das Beste für die Kinder wäre und schlecht sei er auch nicht und überhaupt waren die Probleme mit ihrem Mann so gut wie Geschichte."

„Hatten Sie Geschlechtsverkehr?" Die Frage überraschte ihn, so dass er einen Moment lang innehielt und den direkten Blickkontakt mit mir vermied.

„Muss ich darauf antworten? Ich frage mich, was das mit der Sache zu tun hat?"

„Herr Jakobi, hier geht es nicht um eine ,Sache', ich versuche herauszufinden, was Frau Elsner bewogen hat, ihr Leben zu beenden. Wenn Sie auch nur einen Funken Mitgefühl haben, antworten Sie bitte auf meine Fragen."

„Bitte entschuldigen Sie Genosse Hauptmann, es ist nur, in Momenten wie diesen, da realisiere ich was passiert ist und wenn ich an Annie denke, dann zerreißt es mich innerlich. Können Sie das verstehen?"

„Sie haben eine gute Freundin verloren, dass das nicht leicht ist, kann ich gut verstehen, Herr Jakobi."

„Wir hatten Sex, regelmäßig, aber erst am Ende unserer Beziehung. Am Anfang waren wir wie beste Freunde. Sie hing immer an ihrem Mann, erzählte sogar oft von ihm und wie lieb er zu den Kindern sei. Naja und irgendwann, ich weiß wirklich nicht mehr wann genau, es ist aber sicher nicht länger als zwei Wochen her, da gingen wir essen, tranken Wein und fuhren dann noch zu mir.
Meine Frau war nicht da, sie ist zur Kur und dort ist sie auch jetzt noch. Bei mir angekommen, zierte sie sich erst und wollte nicht mit hereinkommen, aber ich habe sie noch auf einen letzten Wein eingeladen und sie willigte schließlich ein.

Die ganze Nacht haben wir über unsere Beziehungen geredet, was wir doch für ein Glück haben mit unseren Partnern. Irgendwann wurde aus einem Glas dann doch eine Flasche Wein und sie erzählte mir, dass es im Bett mit ihrem Mann nicht richtig läuft. Es gäbe wohl immer nur das Standardprogramm, wie sie sich ausgedrückt hat.
Daraufhin erzählte ich ihr, dass es bei mir nicht anders aussieht und dass die Langeweile im Bett alles tötet. Ich erzählte dann von Dingen, die mir fehlten. So nach der zweiten Flasche Wein erwähnte ich eher beiläufig, wie schön sie ist und dass ich alles geben würde, wenn ich sie nur einmal berühren dürfte. Daraufhin nahm sie meine Hand, streichelte sie erst als würde sie noch nachdenken, ob es richtig ist, dann führte sie meine Hand auf ihre Brust, worauf hin wir uns küssten.
Das war wie ein Befreiungsschlag."

„War das am Mittwoch genauso?"

„Oh Mann, nein. Es sollte unser letztes Treffen werden und sie ließ keine Gelegenheit aus, mir das wieder und wieder zu sagen. Wir waren etwas essen, ja, doch dann wollte sie erst nichts mehr von mir wissen und war richtig abweisend. Ich bat sie dann mit mir nach Hause zu kommen, damit wir reden können. Zu Hause angekommen, öffnete ich uns eine Flasche Wein, die wir schneller als sonst tranken. Mit Tränen in den Augen erzählte sie mir, dass sie sich in mich verliebt habe und dass sie das nicht zulassen kann, niemals, betonte sie und fing an zu weinen. Ich nahm sie in den Arm und wir küssten uns, sie schlug mich, dann küsste sie mich wieder. Ich wollte sie beruhigen, da ich mit der Situation nicht umgehen konnte. Sie nahm mich, ohne ein Wort zu sagen an die Hand und zog mich vor das Sofa, gab mir einen Stoß an meine Schulter, so dass ich auf das Sofa fiel. Sie weinte immer noch und setzte sich auf mich, öffnete meinen Gürtel und zog meine Hosen bis zu den Knien. Dann schlug sie mich immer wieder ins Gesicht und verfluchte mich."

„Es kam aber zum Verkehr?"

„Ja, das war aber so befremdlich und anders. Ich dachte mir, dass sie das nur tut, um mich hassen zu können."

„Haben Sie zurückgeschlagen?"

„Nein, aber ich hatte das Gefühl, sie verlangt es von mir."

„Wie endetet der Abend oder die Nacht dann?"

„Es muss so gegen 2 Uhr morgens gewesen sein, als wir nebeneinander auf dem Sofa einschliefen. Ich musste früh los, deshalb stellte ich schon am Abend noch den Wecker auf genau 06 Uhr, das reicht für Frühstück und frisch machen. Annemarie wusste, dass ich zeitig los musste und es war ihr auch recht, denn dann kam sie zur gleichen Zeit nach Hause, als wäre sie auf Arbeit gewesen."

„Haben Sie Frau Elsner immer zum Bahnhof gebracht?"

„Nein, normalerweise habe ich sie in die Nähe des Krankenhauses gefahren, aber letzten Mittwoch ging das nicht, da waren wir dann so spät dran, dass ich sie nur zum Bahnhof gebrachte. Ich glaube 47 wäre ihr Zug gekommen und ich musste pünktlich um 09 Uhr in Mühlhausen sein. Das sind gute 180 Kilometer, davor habe ich noch das Auto tauschen müssen, mal abgesehen davon, dass mir die Augen nach dieser Nacht immer wieder zugefallen sind."

„Was meinen Sie genau damit ‚nach dieser Nacht'?"

„Na, die Annemarie war wirklich richtig seltsam. Ich kannte sie so gar nicht, sie war so, haach wie soll ich sagen, na so anders eben."

„Können Sie mir nicht ein wenig detaillierter beschreiben, was Sie damit meinen oder wie ich mir das vorstellen muss?"

„Also, wenn ich so genau darüber nachdenke, glaube ich, sie wollte sich verabschieden. Ja, so könnte es gewesen sein."
Jakobi sackte in sich zusammen und redete schluchzend weiter vor sich hin: „Und ich habe nichts gemerkt, ich hätte sie niemals alleine lassen sollen. Es ist doch alles meine Schuld."

„Herr Jakobi, möchten Sie einen Kaffee?"

„Danke!" Während ich einen Kaffee zubereitete, schaute ich auf Jakobi, der wie ein Häufchen Elend an meinem Tisch saß.

„Haben Sie Frau Elsner bis auf den Bahnsteig gebracht?" fragte ich Jakobi und stellte noch eine Packung Russisch Brot auf den Tisch.

„Was anderes zum Kaffee habe ich leider nicht.

Bitte, bedienen Sie sich."

„Vielen Dank, Genosse Hauptmann. Am Mittwoch saßen wir noch gemeinsam im Auto. Ich war zwar schon sehr spät dran, parkte aber hinten auf dem Parkplatz."

„Der, hinter dem Busbahnhof?"

„Ja, ich zündete mir noch eine Zigarette an und ließ sie mal ziehen. Wir haben noch kurz geredet und sie fragte mich, ob es mir gut geht, worauf ich zu ihr sagte, dass mich der Gedanke, sie nicht mehr sehen zu dürfen, umbringt."

„Wie hat Frau Elsner darauf reagiert?"

„Ausgelacht hat sie mich. Ich hätte doch eh an jedem Finger ´ne Andere und das ich nicht weiß, was wahre Liebe ist."

„Ist sie dann ausgestiegen?"

„Ja, ich wollte sie noch küssen, aber sie drehte sich einfach weg, stieg aus und ging zum Haupteingang, ohne sich auch nur einmal umzudrehen."

„Haben Sie gesehen, dass sie allein hineinging?"

„So viel ich gesehen habe, war sie allein und sie ging schnellen Schrittes."

„Gut", sagte ich und holte uns den Kaffee, der gerade durch war.

„Herr Jakobi, können Sie sich denn vorstellen, warum sie sich das angetan hat?"

„Nein, oder, vielleicht, weil sie unglücklich war."

„Was sagt denn ihre Freundin, Frau Kathrin Wagner dazu?"

„Sie weint die ganze Zeit und war sehr traurig. Sie kann es auch nicht fassen und ist mit den Nerven völlig am Ende."

„Also, wenn ich das recht verstehe, beendete Frau Elsner das Verhältnis zu Ihnen, weil sie wieder zu ihrem Mann gefunden hatte und von Ihnen nichts mehr wissen wollte. Stimmt doch so?"

„Sie konnte Liebe und Sex nicht trennen. Das ist das Problem der Mädels. Schauen Sie mal, sie wusste, dass ich verheiratet bin und hat sich erst

auf mich eingelassen und sich dann in mich verliebt."

„Ija, Sie können einen richtig leidtun. Sagen Sie,
könnte es nicht auch sein, dass Frau Elsner Ihnen
am Mittwochmorgen klipp und klar eine Abfuhr
erteilte, Sie sich dann in ihrem Stolz verletzt
fühlten, ihr unauffällig gefolgt sind und sie dann
vor die Lokomotive stießen? Vielleicht ist es Ihnen aus Versehen passiert, beim Versuch mit ihr
zu reden vielleicht?"

„Hören Sie, ich war nicht im Bahnhof! Ich bin
gleich los, denn ich war schon sehr spät dran.
Und bitte, behalten Sie solche Unterstellungen
für sich!"

„Ich habe hypothetisch gesprochen und bin nach
wie vor der Meinung, dass es sich ganz genau so
zugetragen haben könnte, Herr Jakobi. Könnte!"

„Sind wir jetzt fertig?" fragte Jakobi deutlich angespannt.

„Wann kommt Ihre Frau wieder von der Kur?"

„Was wollen Sie denn von meiner Frau? Genosse
Baumann, ich bitte Sie, müssen Sie ihr denn et-

was erzählen? Sie wird furchtbar enttäuscht sein."
Es bereitet keine große Mühe herauszufinden,
wann Frau Jakobi zurück sein würde, also stand
ich auf und beendete das Gespräch an dieser
Stelle. Herr Jakobi stand auf und wir schauten
uns an. Er war ein wenig kleiner als ich, dafür
stand er aalglatt vor mir.

„Sie können gehen, aber halten Sie sich für mich
bereit."

„Genosse Hauptmann."

„Genosse Jakobi."
Dann verließ er eilig mein Dienstzimmer. Zwiegespalten setzte ich mich wieder und war mir
nicht sicher, ob Jakobi wirklich nichts für sie
empfunden hatte. Vielleicht war sie es ja, die Sex
und Liebe trennen konnte und er kam nicht zurecht damit?

Ich kann jedenfalls gut nachvollziehen, dass er
seine Frau da raushalten wollte, das wäre wohl
jedem unangenehm.

Eine halbe Stunde später kam Schiffer mit den Unterlagen, um die ich ihn gebeten hatte, zu mir. Dabei handelte es sich um ein handschriftlich geführtes Ausgabebuch und lange Listen, gedruckt auf Endlospapier. Bei näherem Hinsehen war der Wirrwarr an Zahlen und Buchstaben leicht zu entziffern.

Ganz links in der Spalte stand immer das Kennzeichen, dann die Fahrzeugart, Typ, Datum und Zeit am Tag der Abfahrt sowie das Datum und die Zeit am Tag der Ankunft.

Der Abfahrtskilometerstand gefolgt vom Endkilometerstand und das Ziel mit Fahrtgrund stand jeweils auf der nächsten Zeile. Laut Ausgabebuch bekam Herr Jakobi seinen PKW Wartburg mit dem Kennzeichen TW A6-31 um 06:50 Uhr, mit dem Abfahrtkilometerstand 12554 km und den Fahrtziel Mühlhausen.

Da man mit einem Trabant weniger auffällt und ich nicht für unnötige Spekulationen sorgen wollte, setzte ich mich in mein Auto und fuhr zu Jakobis Betrieb, um ganz genau festzustellen, wie lange man für die Strecke bis zum Bahnhof benötigt.

Dort angekommen hielt ich ca. 10 Meter vom eigentlichen Parkplatz entfernt und schaute auf

meine Uhr. Es war genau 10:19 Uhr als ich los-
fuhr. Unauffällig und mit normaler Geschwin-
digkeit bog ich auf die Werksstraße des Betriebes
ein und hielt an der ersten Ampel. Auf der
Hauptstraße beschleunigte ich recht zügig, bis die
Tachonadel auf 55 km/h kletterte, die Geschwin-
digkeit nahm ich dann nach den nächsten beiden
Kreuzungen auch wieder auf. Kurz vor Erreichen
des Hauptbahnhofs ging es die Bahnhofstraße
hinauf, hier fuhr ich 40 statt der erlaubten
30km/h. Auf dem Parkplatz unweit des Eingangs
stellte ich meinen Trabant ab und lief so schnell
ich konnte, ohne zu rennen, auf den Bahnsteig.

An genau dem Ort, an dem Frau Elsner gestanden haben musste, schaute ich auf meine Uhr, es
war 10:28 Uhr. Es waren ungefähr 9 Minuten,
bei durchschnittlich 35 km/h, die ich für die weniger als 5,5 km lange Strecke braucht hatte.

Selbst, wenn man es schaffen würde, die Strecke
mit durchschnittlich 50 km/h zurückzulegen, in
der Hauptstraße hätte man fast 100 fahren müssen, was sicher aufgefallen wäre, hätte man immer
noch gute sieben Minuten gebraucht.

Da ich gerade auf dem Bahnhof war, ging ich
hinein und verlangte im Sekretariat nach Reichsbahnsekretär Engel. Ich hoffte auf eine Gelegenheit, um auf dem kurzen Dienstweg fragen zu

können, wann genau die Lok, mit der Frau Elsner kollidierte, durchgefahren ist. Man gab mir die Auskunft, dass sich Genosse Engel im Stellwerk befinde. Das Stellwerk steht am nördlichen Ende des Bahnsteigs 2 und 3 und ist ein sogenanntes Mittelstellwerk. Ich klopfte an, was aber in der allgemeinen Umgebungslautstärke unterging, also trat ich einfach ein und begrüßte Engel.

„Guten Tag, Genosse Engel" musste ich fast schreien und fuhr gleich ohne Umschweife fort: „Ich habe zwei Fragen, die Sie mir vielleicht beantworten können".

„Engel, der sichtlich unter Stress stand, rief mir zu: „Genosse Baumann, die Hebelbank hier hat 21 Hebel, 17 Weichenhebel, 3 Riegelhebel und ein Fahrstraßenausschlusshebel, wenn ich hier nicht genau aufpasse, gibt es eine Katastrophe. Ich habe in ein paar Minuten Pause und werde abgelöst. Wenn Sie so lange warten können …"

„Ich warte auf dem Bahnsteig", rief ich zurück. Mit einem Kopfnicken bestätigte mir Engel, dass er gleich kommen wird. Kurze Zeit später stellte sich Engel neben mich.

„Was kann ich für Sie tun, Genosse Baumann?"

„Können Sie mir die genaue Uhrzeit sagen, wann die Lok, die die junge Frau erfasste, hier letzten Mittwoch ankam?"

„Zwischen 06:44 und 06:45 Uhr."

„Und das wissen Sie so genau?"

„Die Güterzuglok hat Durchfahrt während der Eilzug nach Leipzig steht. Ist die Güterzuglok durch, hat der Eilzug nach Zwickau Einfahrt. Das ist jeden Tag, ausgenommen Samstag und Sonntag das gleiche Schauspiel, Herr Genosse."

„Danke, Genosse Engel, Sie haben mir sehr geholfen."

„Sie denken wohl, dass da jemand nachgeholfen hat?"

„Ich denke erst mal gar nicht in diese Richtung, ich möchte nur sicher gehen, dass alles seine Richtigkeit hat. Nicht nur bei der Bahn wird akribisch gearbeitet. Aber sagen Sie mal, halten Sie es denn für möglich, dass jemand nachgeholfen haben könnte?"

„Möglich ist alles, ein kleiner Schups und das war's dann."

„Nehmen wir mal an, es war kein Selbstmord. Ich würde mich da drüben, wo die zwei kleinen Holzgebäude sind, aufhalten, um dann mit einem kleinen Schups, wie Sie so schön sagten, die Frau vor den Zug zu stoßen. Noch während der Aufregung des Geschehens, würde ich so unauffällig wie möglich, was vielleicht gar nicht so schwer ist, da alle auf die Gleise schauen, durch die Unterführung das Gelände verlassen."

„Oder, Sie würden hier drüben auf dem Schrottplatz parken, dann müssten Sie nicht weit laufen und es würden Ihnen keine Menschen entgegenkommen. Dazu muss nur ein Gleis überquert und durch den Zaun da gekrochen werden. Da kommt man nämlich recht gut durch."

„Oder so, jedenfalls war niemand da, der diesbezüglich etwas oder jemanden gesehen hat, Genosse Engel."

Aufgeben?

„Fünf Tage ermitteln wir jetzt schon an diesem Fall, fünf Tage in jede Richtung, ohne Erfolg. Es gibt nicht die geringste Spur. Wir müssen da irgendwas übersehen haben", sagte ich zu Bauer am Montagmorgen in meinem Dienstzimmer.

„Genosse Baumann, ich wüsste nicht was. Ausgehend von den Motiven, haben wir alle Personen, die in Verbindung mit Frau Elsner standen, überprüft."

„Ich weiß doch Bauer, am Samstag bin ich mit meinem Auto die Strecke abgefahren, von Jakobis Betrieb zum Bahnhof. Engel gab mir die genauen Zugdaten, Jakobi konnte es nicht schaffen und fällt somit auch raus."

„Der Obduktionsbericht aus dem Gerichtsmedizinischen Institut ergab auch keine neuen Anhaltspunkte, da steht nichts drin, jedenfalls nichts, was Ihnen Frau Dr. Draganowa nicht schon erzählt hat."

„Und trotzdem Bauer, irgendwas ist da faul. Denken Sie an die Handtasche der Verstorbenen, sie lag nicht dort, wo sie hätte liegen müssen.

Und außerdem hatte sich doch bei Frau Elsner das Blatt zum Guten gewendet. Mit ihr und ihrem Mann war wieder alles in Ordnung, es gab doch gar keinen Grund sich das Leben zu nehmen."

„Was denken Sie Baumann, wollen wir Jakobi observieren?"

„Ich werde alles in die Wege leiten und den Kollegen" – ich hatte noch nicht zu Ende gesprochen, da ging die Tür auf und ein stämmiger Mann, mit grau melierten Haar, grauen Anzug und einer grauen Hornbrille, welche sich nahtlos in seine Augenringe schmiegte, betrat unseren Dienstraum. Mit aufgeregter, aber selbstbewusster Stimme fing er zu reden an.

„Kriminalkommissar Hauptmann Baumann? Sind Sie das?", sprach er mich an.

„Wer, der es nicht mal schafft zu klopfen, möchte das denn wissen?", erwiderte ich. Der Mann plusterte sich auf und stellte sich direkt vor meinen Schreibtisch.

„Genosse Major Gerhard Karnowski, MfS, möchte das wissen!"

„Hauptmann Baumann sitzt vor ihnen und da drüben am Schreibtisch sitzt mein Kollege Genosse Leutnant Bauer, aber das wissen Sie bestimmt. Wie kann ich Ihnen helfen?"

„Ich suche Sie in der Angelegenheit Jakobi/Elsner auf. Gibt es denn etwas, woraus Sie schließen, dass es kein Selbstmord war?"

„Ich weiß nicht, Genosse Major, gibt es etwas?" Anscheinend reden nur wenige Menschen mit ihm über Themen, die nicht besonders schmeichelhaft sind, so ignorierte er einfach meine Gegenfrage und fuhr fort.

„Ich möchte sicher gehen, dass Ihnen bewusst ist, dass Jakobis Frau nichts von der Sache erfahren darf."

„Das habe ich zur Kenntnis genommen, Genosse Major."

„Dann kann ich mich auf Sie verlassen?! Des Weiteren gehe ich davon aus, dass Jakobi keine weiteren Unannehmlichkeiten durch ihre Ermittlungen haben wird."

„Genosse Major, wenn es in dem Fall dienlich ist, Herrn Jakobi zu befragen oder gar observieren zu lassen, dann werde ich das tun. Mein Kollege und ich sind für die Sicherheit der Bürger in diesem Land und ganz speziell in dieser Stadt mit verantwortlich. Also werde ich, solange ein potenzieller Täter auf freiem Fuß ist, keine Rücksicht nehmen können nur, weil jemanden Un·an·nehm·lich·kei·ten haben könnte. Wie stellen Sie sich das vor? Ich hoffe, Sie verstehen mich."

„Genosse Baumann, ich verstehe Sie sehr gut, ich nehme an, Sie wissen bereits mehr und ermitteln nicht in einem Selbstmord?!"

„Dazu möchte ich mich zum derzeitigen Ermittlungsstand nicht äußern, Genosse Major."

„Sie sind also keinen Schritt weiter, wenn ich Sie richtig verstehe. Nichts für ungut! Auf Wiedersehen und machen Sie keine Fehler." sprach Karnowski, als er bereits zur Tür hinaus war.

„Was war denn das für ein Auftritt, Genosse Baumann?"

„Unglaublich, so was habe ich ja noch nie erlebt,

ist das gerade wirklich passiert?"

„In der Tat, Genosse Baumann, in der Tat."

„Da haben wir wohl in etwas gestochert, was uns nichts angeht. Das bestätigt mich nun endgültig in meiner, entschuldigen Sie, unserer Annahme, dass da etwas nicht richtig sein kann."

„Morgen ist die Beisetzung von Frau Elsner, ich glaube, da sollten wir vor Ort sein", sagte Bauer. Noch geschockt von diesem unangenehmen Gespräch ging der Rest des Tages ohne Vorkommnisse, aber auch ohne weitere Erfolge zu Ende.

Die Beisetzung

Die Beerdigung war für Dienstag, den 11. April 1989 vorgesehen. Mein Kollege, Genosse Bauer und Ich standen bewusst etwas abseits.
Gerade so weit weg, dass wir zwar irgendwie dazugehörten aber weit genug um nicht in Verbindung gebracht zu werden.
Ihre Freundin Kathrin Wagner, Arbeitskollegen, u. a. auch Schwester Berta, ihre Eltern und die Eltern von Herrn Elsner, der zwischen seinen Kindern, vor dem aufgebahrten Sarg stand, hatten sich eingefunden. Herr Elsner hielt ein Blatt Papier in der Hand und las davon ab. Immer wieder kämpfte er mit den Tränen und seine Stimme zitterte leicht, dennoch blieb er bis zum Schluss standhaft und schaute immer wieder zu die Trauergästen.

„Liebe Verwandte, liebe Freundinnen und Freunde, liebe Bekannte meiner Frau Annie. Willkommen und vielen Dank für Euer, für Ihr Erscheinen.
Vor fast einer Woche ist meine Annie verstorben. Sie ist aus dem Leben gerissen worden, durch ein völlig sinnloses Ereignis. Wir, Deine Kinder und ich, hoffen dass Du, wo auch immer Du gerade bist, über uns wachst. Bitte habe auch ein Auge

auf alle meine Dummheiten. Dein Tod soll nicht umsonst gewesen sein, denn mit jedem Tag, an dem wir an Dich denken, wirst Du uns stärker und weiser machen. So wie Du begonnen hast unsere Kinder zu erziehen, hast Du bereits Wundervolles geschaffen.

Liebe Annemarie, unser Leben auf Erden und Dein Leben im Jenseits, wird auf immer und ewig verbunden, durch eine Brücke voller Liebe."

Die trauernde Familie und Freunde fanden alle samt noch warme Worte, um sich von Frau Elsner zu verabschieden. Es war eine herzzerreißende Trauerfeier und niemand konnte es allen Anschein nach fassen, dass Annemarie Elsner nicht mehr unter ihnen weilt.
Am wenigsten schienen auf den ersten Blick die gemeinsamen Kinder betroffen zu sein aber sie verstanden oder realisierten noch nicht, dass ihre Mama nie wieder für sie da sein wird. Als sich alle verabschiedet hatten, begann der Sohn sehr an zu weinen und fragte zum wiederholten Male wann seine Mama wieder kommt. Herr Elsner nahm ihn an der Hand und erzählte ihm, dass seine Mama jetzt an einem wunderschönen Ort ist und im Herzen immer bei ihm sein wird.

„Eins will ich Ihnen sagen Kollege Bauer, Ich werde herausfinden was wirklich passiert ist! Das schwöre ich Ihnen."

Es sind diese Ereignisse, die einem Kriminalpolizisten immer wieder vor Augen halten, dass sie zwar an den Geschehnissen nichts mehr ändern können, aber im Namen der Hinterbliebenen und zum Schutz des Volkes die wahren Täter überführen müssen. Genau diese Momente zeigen einem dann wieder auf, weswegen man jeden Tag, rund um die Uhr und nicht selten unter Einsatz des eigenen Lebens dieser Berufung nachgeht.

Der Neuanfang

Bauer und ich nahmen uns vor, alles was wir an Informationen zusammengetragen hatten nochmals akribisch zu sichten. Keiner von uns konnte es verantworten, auch nur den kleinsten Hinweis übersehen zu haben.

Fast die komplette Wand in Bauers Dienstzimmer war inzwischen mit Bildern und Namensschildern von Frau Elsner, Jakobi und seiner Frau, Kathrin Wagner, Herrn Elsner, den Exfreundinnen von Jakobi, Angela Schwarz und Sibylle Berger und verschiedenen Passanten, deren Personalien am Unglücksort von den Kollegen der Schutzpolizei aufgenommen worden waren, bedeckt. Reichsbahnsekretär Engel und Jakobis Mutter hingen inzwischen ebenfalls mit an der Wand. Wir standen beide davor und gingen nach und nach die Aufenthaltsorte aller Anwesenden durch.

Ohne Erfolg, alles wurde überprüft, entweder waren die Personen in einer anderen Stadt oder es gab glaubwürdige Zeugen, bis Bauer mit einem Heureka in der Stimme anfing zu reden.

„Mensch Genosse Baumann, was ist mit Schiffer? Haben Sie nicht erzählt, dass die Sekretärin gesagt hat, Schiffer und Jakobi sind so was wie beste Freunde?"

„Sie meinen, er könnte Jakobi das Alibi verschafft haben?"

„Es könnte doch gut sein, dass Jakobi noch gar nicht vor Ort war und Schiffer dann im Nachhinein um, na sagen wir mal, einen Gefallen bat."

„Zu dieser Zeit war Schiffer bereits im Betrieb und wie wir wissen, braucht man für die Strecke nur gute sieben Minuten, da liegt es doch auf der Hand, oder? Und wenn wir jetzt so darüber reden, wissen Sie was mich ein wenig stutzig gemacht hat? Als ich Schiffer fragte, wann Jakobi seine Reise nach Mühlhausen angetreten hat, versuchte er zunächst auszuweichen und antwortete mit einer Gegenfrage. ‚Was hat er denn ausgefressen‘, so Schiffer. "

„Da kann in der Tat etwas dran sein, Genosse Baumann, könnte aber auch in seiner Natur liegen. Sie wissen ja, es gibt Menschen, die sich bei jeder Gelegenheit profilieren müssen. Würden Sie Schiffer eigentlich als narzisstisch einstufen?"

„Ich denke, dass er eventuell seine Unsicherheit mit übertriebenen Witzeleien zu kaschieren versucht."

„Dann sollten wir jetzt besonnener denn je vorgehen und sofort eine Observierung veranlassen."

„Lassen Sie mal, Genosse Bauer, heute übernehme ich das. Wo werde ich Schiffer am wahrscheinlichsten antreffen? Wir brauchen zunächst noch Informationen über ihn und ich weiß auch schon, wer uns da nur allzu gern helfen wird!" sagte ich zu Bauer mit einem verschmitztem Lächeln im Gesicht und fügte an:

„Können Sie prüfen, ob es etwas über Schiffer gibt? Ich werde derweilen Frau Kraft besuchen und mal schauen, vielleicht wird sie ja das eine oder andere über Schiffer ausplaudern. Können wir unauffällig herausfinden, wo sie wohnt? Ich möchte nicht unnötig Staub aufwirbeln. Major Karnowski vom MfS sage ich da nur …"

„Dann würde ich vorschlagen, dass Sie sich nicht im Betrieb sehen lassen und auch nicht anrufen."
„Stimmt auch wieder, Genosse Bauer."

„Ich werde sie einfach zu Hause aufsuchen. Wenn ich richtig gesehen habe, ist sie nicht oder nicht mehr verheiratet und irgendwie habe ich das Gefühl, dass da mal etwas zwischen den beiden vorgefallen, respektive gelaufen ist. Es war plötzlich so eine unangenehme kühle Stimmung im Raum als Schiffer hineinkam. Wissen Sie, was ich meine, Genosse Bauer?"

„Dann versuchen Sie da mal den Hebel anzusetzen. Geben Sie mir fünf Minuten, ich besorge Ihnen die Adresse", sprach Bauer und hielt bereits den Hörer in der Hand, um sich über die Vermittlung mit der Meldestelle verbinden zu lassen. Es klang, als ob die Dame am anderen Ende mit Bauer bekannt war. Sie sprachen darüber, wie es geht und dass sie lange nichts mehr voneinander gehört hatten. Da wir von Frau Kraft nur den Nachnamen, das ungefähre Alter, den Arbeitsplatz und eine recht dürftige Personenbeschreibung hatten, gingen die beiden alle infrage kommenden Frauen durch. Bauer fertigte eine Liste auf einem kleinen Schmierzettel an und notierte fünf Adressen, drei davon strich er aber nach und nach. Am Ende des Telefonats, das sich für mich als Außenstehender ewig lang anfühlte, blieben also nur noch zwei Adressen übrig. Die obere Adresse unterstrich Bauer noch und sagte zu mir:

„Fangen Sie mit dieser an Genosse Baumann, Sie äußerten ja die Vermutung, dass Frau Kraft nicht verheiratet ist. Sehen Sie, verheiratet, nicht ver-

heiratet" und zeigte mit seinem Stift auf die un-
terstrichene Adresse.

„Was würde ich nur ohne Sie tun? Kennen Sie eigentlich die Frau vom Meldeamt. Es klang so, als
würden sie sich regelmäßig zum Kaffeetrinken
treffen."

„Kennen ist zu viel gesagt, früher kannten wir uns
ganz gut, wir waren zusammen in der Schule, die
ersten Jahre, dann kam sie in die R-Klasse und
man hat sich nur noch sporadisch auf dem
Schulhof getroffen."
Bauer wählte noch ein paar Nummern und verließ dann sein Zimmer um sich ein paar Akten zu
holen. Mit dem Zettel in der Hand, auf dem die
Adresse von Frau Kraft stand, machte ich mich
auf den Weg und hoffte insgeheim, dass es sich
hierbei auch um die richtige Adresse handelte.
Ganz schlechte Nachrichten

Die Adresse lag in einem Neubaugebiet, es war ein vor ca. fünf Jahren neu errichteter, sechs Stockwerke hoher Neubaublock. Eine kleine Weile blieb ich noch im Auto sitzen schaute mich um und beobachtete ein paar spielende Kinder.

Sie fuhren mit ihren Fahrrädern die Straße auf und ab und hatten anscheinen riesigen Spaß daran, auf den mit rötlichen Kiesel bedeckten kleinen Wegen hinter den Neubaublöcken, Bremsspuren zu hinterlassen.

Nobel, nobel, dachte ich mir beim Anblick der neuen Wohnblocks vom Typ WBS 70 mit Badewanne, Balkon und Zentralheizung. Das ist schon was.

Als ich bei „Kraft" klingelte, dauerte es nur ein paar Sekunden, bis das Summen des Türöffners zu hören war. Ich trat ein und stieg die Treppen hinauf bis in die fünfte Etage. Frau Kraft erwartete mich bereits bei halb geöffneter Tür, die noch durch die Türkette gesichert war. Zum Glück ist es die richtige Frau Kraft dachte ich mir in dem Moment als ich sie sah.

Sie öffnete die Tür ganz und begrüßte mich:

„Sie sind doch der Wachtmeister von neulich?"

„Hauptmann Baumann, Kriminalpolizei", stellte

ich mich vor.

„Kommen Sie, treten Sie ein", forderte sie mich höflich auf.

„Möchten Sie einen Kaffee oder doch lieber Tee?"

„Da kann ich nicht nein sagen, einen Kaffee würde ich gerne nehmen."

„Kommt sofort", rief sie aus der Küche und erkundigte sich:

„Sind Sie wegen Schiffer da? Der hat mich nämlich schon vorgewarnt."

„So? Er hat Sie gewarnt? Vor was hat er Sie denn gewarnt?"

„Er sagte, Sie würden wiederkommen und mich fragen, ob er sich am Donnerstag früh noch mit Jakobi getroffen hat."

„Hat er sich denn mit ihm getroffen?"

„Das kann ich Ihnen leider nicht sagen, gesehen hab ich ihn nicht, keinen von beiden."
Seltsam dachte ich mir, warum sollte Schiffner

denn so was zu Frau Kraft sagen?

„Kennen Sie den Schiffer näher? Es kam mir so vor, als waren Sie mal mit ihm liiert – oder irre ich da?"

„Da täuschen Sie sich aber! Der hat doch für Frauen wie mich nichts übrig. Ne, auf solche Schnallen, oh Verzeihung, Damen wie den Freundinnen vom Jakobi steht der."

„Wissen Sie, ob er mal ein Verhältnis mit einer der Freundinnen von Jakobi hatte?"

„Nein, Genosse Baumann, das weiß ich nicht, bin ja nicht beim KGB oder so. Aber er hat keine Gelegenheit ausgelassen sich mit denen zu unterhalten."

„In ihrer Stimme höre ich einen kleinen, aber deutlichen Unterton, als könnten Sie Herrn Schiffer nicht leiden? Sie können mir ja sagen, wenn ich mich da täusche?"

„Ach, das war mal eine ganz ungeschickte Idee von mir. Wissen Sie, ich bin noch nicht so lange im Betrieb, seit zwei Jahren erst und Paul, also Herr Schiffer war immer so freundlich zu mir.

Einmal standen sogar meine Lieblingsblumen auf meinem Schreibtisch. Und zugezwinkert hat er mir auch ein paar Mal."

„Aber da macht doch niemanden unsympathisch."

„Nein, natürlich nicht, aber ich habe es falsch eingeschätzt."

„Was haben Sie denn falsch eingeschätzt? Nun lassen Sie sich doch bitte nicht jedes Wort aus der Nase ziehen, Frau Kraft", bemerkte ich mit einem humorvollen Unterton an, um eine vertrautere Atmosphäre zu erschaffen.

„Na ich habe gedacht, der Paul will was von mir, als wir uns zum Essen in der Kantine trafen setzte ich mich zu ihm und sprach ihn an. Wir redeten wunderschön miteinander und dann legte er seine Hand auf die meine. Ich hatte gleich ein Kribbeln im Bauch wie es seit vielen Jahren nicht mehr war und dann sagte er einfach: ‚Na dann, mach´s gut, bis zum nächsten Mal' und ging. Seitdem kam das nie wieder vor und Jakobi grinst mich immer so komisch an. Ich schäme mich so, Herr Baumann, das können Sie sich gar nicht vorstellen."

„Ist doch nicht so schlimm, Frau Kraft, Sie sind eine attraktive Frau, mit beiden Beinen im Leben und wenn ich anmerken darf auch, sehr adrett gekleidet. Sie können sicher sein, dass eines Tages der richtige Mann in ihr Leben treten wird. Glauben Sie mir, das wird schon."

„Sie sind bestimmt auch schon vergeben, nett und charmant wie Sie sind, oder?"

„Wie die Zeit vergeht, Frau Kraft. Mein Kollege wartet sicher schon. Es ist mir immer eine Freude mit Ihnen zu reden. Meine Freundin ist meine Arbeit, die nimmt mich voll und ganz ein."

„Na, das verstehe ich doch, schade aber trotzdem."
Mit ein paar aufgestellten Nackenhaaren verließ ich die Wohnung und eilte zum Auto. Als mein Kollege, Genosse Bauer vor meinem Auto stand, staunte ich nicht schlecht.

Ganz schlechte Nachrichten

„Was machen Sie denn hier, Kollege Bauer?"

„Ich habe eine gute und eine schlechte Nachricht, Kollege Baumann. Erst die schlechte?"

„Freilich"

„Also schön. Ich kam gerade zurück und wollte mich an die Akten von Schiffer und Jakobi setzen, da klopfte es an der Tür und Oberstleutnant Genosse Gassner aus der Bezirksbehörde kam herein. Er befragte mich zum aktuellen Stand der Ermittlung im Fall Elsner, ließ sich jede Kleinigkeit erzählen und sagte mir im Anschluss meines Monologs, dass der Fall jetzt zu den Akten gelegt wird und somit alle Ermittlungen einzustellen sind."
Plötzlich waren alle Geräusche, die normalerweise auf einer Straße vorkommen wie verstummt und ich bekam einen riesigen Kloss im Hals. Sollte das tatsächlich möglich sein?

„Und die gute Nachricht, Kollege Bauer?"

„Seien Sie froh, dass Sie nicht dabei waren. Als ich zu Gassner sagte, dass da draußen ein potenzieller Mörder frei rumläuft, lehnte er sich mit beiden Armen vor mir auf den Schreibtisch und fing an mir eine Standpauke zu halten, von wegen ich solle doch seinen Job machen, dass es mit dem Gehorsam immer weiter bergab ginge und solche Sachen eben."

„Wie stellen die sich das vor? Sollen wir in Zukunft jeden laufen lassen, der einflussreiche Freunde hat?"

„Kann ich mir auch keinen Reim darauf machen, Gassner meinte auch, dass wir an anderen Stellen jetzt dringender gebraucht werden."

„Hat Gassner dazu etwas gesagt? Was soll denn so wichtig sein? Wichtiger als Menschenleben?"

„Gassner war völlig aufgelöst und noch cholerischer als sonst, redete etwas davon, dass sich überall im Land spontan Menschen versammeln, überdies sei die Zahl der Ausreiseantragsteller explosionsartig gestiegen. In Berlin gab es einen gravierenden Vorfall als zwei Bürger den Schlagbaum am Grenzübergang Chausseestraße in Berlin-Mitte übersprangen. Der Kollege der Passkontrolle machte daraufhin von der Schusswaffe Gebrauch und konnte die Flüchtenden festnehmen. Nur haben das leider westliche Journalisten gefilmt."

„Und was hat das mit uns zu tun?" „Ich habe keinen blassen Schimmer. Wir sollen jetzt ermitteln, wer sich mit wem und wo versammelt, oder so ähnlich. Wie gesagt, Sie können froh sein, dass Sie nicht dabei waren, Kollege Baumann."

„Also dem MfS unter die Arme greifen, gibt ja nicht genug davon", bemerkte ich auf für mich untypische, ironische Weise."

„Was werden wir jetzt tun?"

„So wie es aussieht, sind uns jetzt die Hände gebunden, mehr als Jakobi und Schiffer im Auge zu behalten, können wir nicht tun."

„Wie stellen Sie sich das vor? Der Gassner macht uns fertig, wenn wir auch nur den Hauch einer Ermittlung in diesem Fall anstellen. Apropos Hauch, hat denn die Kraft etwas gesagt, was von Interesse sein könnte?"

„Nicht wirklich, das heißt, warten Sie mal, sie sagte, dass Schiffer mit ihr gesprochen hatte und sie warnte."

„Vor was warnte Schiffer sie denn?"

„Dass wir zu ihr kommen und sie befragen werden, ob er sich am Tattag in der Früh mit Jakobi
getroffen hat."

„Höchst verdächtig, finde ich."

„Das will ich meinen, Bauer. Wenn ich nichts auf
dem Kerbholz habe, mache ich doch so was
nicht."
Wir fuhren dann gemeinsam, ohne ein Wort zu
sagen, in die Dienstelle. Es war eine befremdliche
Stille zwischen uns beiden, hatten wir doch schon
so viele Jahre zusammen gearbeitet, aber eine
ähnliche Situation kam bisher noch nie vor. Auf
unserem Parkplatz sagte ich zu Bauer:

„Warten Sie mal, ich muss Sie etwas fragen: Sagen
Sie mal ganz ehrlich, was denken Sie, warum
wurde der Fall eingestellt?"

„Genosse Baumann, dann sitze ich morgen wegen
Landesverrat in Untersuchungshaft", sagte er
scherzend.

„Dann sind wir da auch zusammen", fügte ich

ebenfalls scherzhaft an.

„Aber mal im Ernst Kollege Bauer, irgendetwas geht doch davor, ist es vielleicht der Umbruch hier im Land? Oder sind Jakobi und Schiffer größere Nummern als gedacht?"

„Ich glaube eher, da oben fällt alles wie ein Kartenhaus in sich zusammen. Jeder versucht gerade seine Schäfchen ins Trockene zu bringen und wenn nur genügend Leute was davon haben, kann man auch bei Mord ein oder zwei Augen zudrücken. Ich habe auf diese korrupte Scheiße nicht die geringste Lust mehr."
Wir schauten uns beide total erschrocken an. Bauer, weil er nicht glauben konnte, dass er das wirklich gerade gesagt hatte und ich, weil ich nicht glauben konnte, was ich gerade gehört habe. Wir sind Genossen der Volkspolizei, dieses Gedankengut würde uns als Volksverräter abstempeln und uns jahrelang hinter Gitter bringen.

„Danke, dass Sie so ehrlich sind, Kollege und Freund Bauer."
Dann gingen wir gemeinsam in unsere Diensträume.

Kein Fall mehr

Wir hatten den klaren Auftrag, alles einzustellen und die Akten zum Fall Elsner zu übergeben. Vorher schrieb ich mir aber noch alle relevanten Informationen des gesamten Falles ab, dann begann ich mit Blaupapier alle Skizzen nachzuzeichnen.

Als ich Stunden später damit fertig war, ließ ich alles in meiner Aktentasche verschwinden. Einen Bericht über die Vernehmung mit Frau Kraft fertigte ich nur spärlich an, es würde ja doch keinen mehr interessieren. Bauer ging mit seinen Akten an mir vorbei, hielt an und drehte sich noch kurz zu mir um. Mit gedämpfter Stimme sagte er: „Denken Sie dann auch dran das Blaupapier verschwinden zu lassen, dass kann sonst unangenehm werden." „Ich bin doch kein Anfänger", sagte ich und musste schmunzeln. An diesem Abend verabredeten wir uns und ließen den Tag noch einmal Revue passieren. Aus Angst, dass uns jemand zuhören könnte, trafen wir uns im Wald, an einem kleinen Weiher. An diesem Ort konnte man von je her sicher sein, nicht abgehört zu werden. Anfänglich philosophierten wir noch über den Fall Elsner und stellten Gedankenspiele an, darüber wie es sich abgespielt haben könnte. Es könnte ja gut sein, dass Schiffer ebenfalls ein

Verhältnis mit Frau Elsner hatte …

Sein Verhalten war zumindest an diesem Punkt seltsam. Er hatte Frau Kraft angesprochen, um zu erfahren, ob sie denn etwas gesehen hat. Selbst wenn Schiffer und Jakobi nichts mit dem Fall zu tun hatten, so blieben doch trotzdem die Ungereimtheiten mit der Umhängetasche, die unversehrt geblieben war und noch dazu am falschen Ort gelegen hatte. Wir überlegten auch, was das MfS damit zu tun haben könnte und warum der Fall jetzt zu den Akten gelegt wurde. Vor allem den Fakt, dass sich das MfS eingeschalten hatte um sicher zu stellen, dass Frau Jakobi nichts von den laufenden Ermittlungen erfährt, konnten wir uns nicht erklären.

Zumindest hatten wir eine Vermutung. Wir gingen davon aus, dass es einfach zu wenig Anhaltspunkte für ein Verbrechen gab und aus diesem Grund die Staatsanwaltschaft Druck auf den Oberstleutnant der Bezirksbehörden ausübte. Das und die immer größer werdenden Unruhen durch die steigende Unzufriedenheit der Bürger, waren für eine solche Entscheidung sicherlich verantwortlich.

Bauer und mir war klar, dass es in nächster Zeit nicht besser werden würde. Irgendwann an diesem Abend, wir hatten beide schon ein paar Biere intus, fragte mich Bauer, ob es für mich auch infrage käme die DDR zu verlassen. Nach kurzer Überlegung, ob es denn sein kann, dass er auf mich angesetzt war, nur um zu erfahren was ich darüber denke, antwortete ich ihm wahrheitsgemäß.

„Ich kann mir gut vorstellen die DDR mal zu verlassen, mal nach Spanien oder Frankreich. Aber woanders wohnen und arbeiten kann ich mir nicht vorstellen, denn dann würden doch die Ganoven hier auf dem Tisch tanzen."

Bauer musste lachen und steckte mich damit an.

„Wissen Sie was mir Angst macht, Bauer?"

„Das wir in den Wald gehen müssen um ungestört und vor allem ungehört reden zu können?"

„Wenn Sie es so sagen, kommt das auch noch dazu. Vielmehr denke ich gerade daran, dass mir vorhin, als Sie mich fragten, ob ich die DDR verlassen würde, als erstes einfiel, ob Sie mich das fragen sollen. Das ist doch nicht normal. Wie viele Jahre arbeiten wir nun schon zusammen?"

„Und trotzdem ist es denkbar, da haben Sie

Recht, Baumann! Aber mal was anderes, was ist eigentlich zwischen Ihnen und der Pathologin Dr. Draganowa?"

„Was soll denn da sein?", fragte ich überrascht.

„Naja, ich fühle da so ein leichtes unterschwelliges Schwärmen. Kommen Sie Baumann, das können Sie nicht leugnen."

„Will ich auch gar nicht leugnen, ich denke einfach, die Frau ist ein paar Nummern zu hoch für mich."

„Was Sie aber nie herausfinden werden, wenn Sie die Frau Doktor nicht ansprechen."
Wir saßen dann noch eine ganze Weile, schauten auf die seichten Wellen und hörten, wie der Wind durch die Bäume säuselte.

„Wir sollten uns viel öfter die Zeit nehmen hierher zu gehen", sagte ich zu Bauer.

„Hoffen wir mal, dass wir die Zeit dazu finden. Im Gegensatz zu Ihnen kann ich mir sehr gut vorstellen die DDR zu verlassen."
Wir ließen das dann beide so stehen. Nach ein paar Minuten packten wir unsere Flaschen zu-

sammen und gingen gemeinsam zum Parkplatz zurück. Seit diesem Tag war nichts mehr wie früher, unsere Freundschaft hatte sich zwar vertieft, aber jeder hätte dem anderen aus Versehen Schaden zuführen können. Fortan verhielten wir uns so linientreu wie nie zuvor und erfüllten unsere Aufgaben nach bestem Wissen und, wenn irgendwie möglich, auch mit bestem Gewissen.

Ab sofort, unverzüglich – die Wende

Die Tage vergingen, während die Ausschreitungen, Demonstrationen und Fluchtversuche immer mehr zunahmen.

Ungeachtet dessen liefen die Vorbereitungen für den 40. Jahrestag der DDR auf Hochtouren. Angesichts der im SED-Politbüro herrschenden Ratlosigkeit, wie mit der Flüchtlingskrise weiter umgegangen werden soll, hielt ich die 40-Jahresfeier für eine schamlose Inszenierung. Aber auch diese Feier ging vorbei und die Tage waren mit Ausschreitungen nur so gepflastert.

Um Bauer und mich veränderte sich so gut wie alles. Niemand konnte wissen, wer am nächsten Morgen noch da sein würde.

Der Respekt von einst, den die Bürger der Polizei entgegen gebracht hatten, verwandelte sich nun zunehmend in Spott und Hohn. In fast jeder Straße standen abgestellte PKW, teils aufgebrochen, ohne Räder oder gar ganz zertrümmert. Niemand ahnte auch nur ansatzweise, dass sich dieser Zustand noch verschlimmern würde, bis der Sekretär des ZK der SED für Informationswesen, am 9. November 1989 eine neue Reiseregelung bekannt gab. Nämlich, dass Privatreisen in das nichtsozialistische Ausland ohne Vorliegen von Voraussetzungen beantragt werden können und die Genehmigungen dann kurzfristig erteilt werde.

Auf die Frage eines Journalisten, wann die Regelung in Kraft treten soll, antwortet er, "Ab sofort, unverzüglich!".

Das war der Startschuss für die totale Euphorie jener Zeit.

Keiner wusste noch, was er tun sollte, viele brachen in den „Westen" auf, nur wenige kamen wieder zurück. Da fielen mir wieder Bauers Worte ein, dass er gerne die DDR verlassen würde. Jeden Tag wuchs meine Angst, ihn nicht mehr wieder zu sehen. Trotz der bewegenden Zeiten und den ausgestorbenen Straßen, musste ich noch immer daran denken, was Frau Elsner wirklich widerfahren und wer für ihren Tod verantwortlich sein könnte.

Ein Bild für Mama

Am Freitag, den 6. April 1990 jährte sich ihr Todestag und ich ließ es mir nicht nehmen, sie auf dem Friedhof zu besuchen und Blumen auf ihr Grab zu legen.

Herr Elsner war mit den Kindern ebenfalls da, brachte einen Strauß Blumen und ein Bild, das die Kinder selber gemalt hatten mit. Es wird mir immer in Erinnerung bleiben! Im unteren Teil des Bildes ist ein Haus mit einem Zaun zu sehen und davor steht der Papa mit den Kindern, oben rechts ist die Sonne zu sehen und in der Mitte ist eine Frau mit Flügeln abgebildet.

„Das ist meine Mama, sie ist jetzt ein Engel und passt ganz doll auf uns auf. Und später, wenn wir mal groß sind, sehen wir uns alle wieder. Dann essen wir auch wieder gemeinsam und spielen auch wieder zusammen", sagte die kleine Tochter von Herrn Elsner zu mir und schaute mich mit ihren großen Kulleraugen an. Ich hatte meine Not, den Kloss im Hals nicht größer werden zu lassen, die Tränen in meinen Augen konnte ich nicht zurückhalten.

„Wie geht es Ihnen und den Kindern, Herr Elsner?"

„Uns geht es soweit ganz gut, jedenfalls lenken mich die politischen Ereignisse sehr ab, wenn ich das so sagen darf."

„Dürfen Sie, Herr Elsner, mir geht es nicht anders. Kommen Sie mit den Kindern zurecht?"

„Muss ja, auch kann ich mich nicht beklagen, meine Eltern sind für mich da und Annies Eltern auch. Wir haben uns alle zusammengerauft. Ich nehme an, es gibt keine Neuigkeiten, was meine Frau betrifft?"

„Leider nicht, der Fall wurde zu den Akten gelegt. Dazu wurden Sie aber benachrichtigt, oder?"

„Nein, weder hat jemand mit mir geredet, noch habe ich einen Brief bekommen"

„Es tut mir leid, Herr Elsner."

„Schon gut, es würde meine Annie ja doch nicht zurückbringen …"

„Wenn Sie mal reden möchten, ich bin immer für Sie da, ja?" bot ich ihm noch an, woraufhin wir uns verabschiedeten. Ich hatte unheimliche Schuldgefühle, nicht einmal eine Benachrichtigung, dass der Fall eingestellt wurde, hatte er bekommen. In dieser Zeit war dies aber keine Seltenheit, keiner kontrollierte mehr, wer was genau machte. Es waren zwar noch immer Berichte anzufertigen, doch diese wurden entweder nicht sofort gelesen oder gleich zu den Akten gelegt.

Wie geht es weiter

Das Jahr ging voran, schneller als alle Jahre zuvor und der 3. Oktober 1990, der Tag der Deutschen Einheit stand bevor.

Angst und Ungewissheit standen den Menschen ins Gesicht geschrieben und es war egal, wer man war, jeder hatte Sorgen und keiner wusste, wie es weitergehen wird.

Werden wir unsere Arbeit behalten?

Was wird aus unseren Betrieben?

Von was werden wir leben?

Das waren die Fragen dieser Zeit.

Um Punkt 00:00 Uhr am Tag der Deutschen Einheit war es dann soweit. Wir Volkspolizisten wurden zunächst alle übernommen, jedenfalls die, die zu diesem Zeitpunkt das 50. Lebensjahr noch nicht vollendet hatten. Da hatte ich Glück, war ich doch erst 37 Jahre alt. Aus dem Volkspolizei Kreisamt wurde ein Polizeikreisamt, wenigstens übergangsweise, weil es diese Dienststellenbezeichnung in der Bundesrepublik eigentlich nicht gab.

Kollege Bauer und ich gingen zumeist in ziviler Kleidung, weswegen uns auch nicht sofort auffiel, dass die Uniformen der Polizei gleich blieben. Lediglich an den Mützen wurde künftig, statt des Emblems der DDR, eine schwarz-rot-goldene

Kokarde getragen.

An den Tagen darauf wurden von unseren Streifenwagen die Buchstaben „VOLKS" entfernt, übrig blieb dann noch „POLIZEI". Anfang 1991 wurden aus Bauer und mir Kriminalkommissare, die alten Dienstgrade gab es schon eine Weile nicht mehr und mit „Genosse" redeten wir uns nur noch zum Spaß an.

Wenn gleich es uns nur selten zum Scherzen zumute war, denn man muss sich vorstellen, das Land, in dem wir geboren wurden, zur Schule gingen, in der NVA dienten, in dem wir unser Studium absolvierten, gelacht, geweint und geliebt haben, gab es nicht mehr. Unser Dienstalltag normalisierte sich zunehmend wieder, zeitweise konnte man jedoch noch von Anarchie sprechen.

Auch dieses Jahr ging ich am 6. April wieder das Grab von Frau Elsner besuchen, auch dieses Jahr lagen wieder Blumen da und ein selbstgebastelter Untersetzer aus Plastikperlen, die im Backofen verschmolzen wurden, mit einem Herz in der Mitte. Irgendwie verschaffte mir es das Gefühl, dass es Elsner und seinen Kindern gut ging. Der 6. April ist auch mein Tag geworden, zum einen war das Ableben von Frau Elsner völlig unaufgeklärt geblieben und zum anderen war es mein Fall. Ich führte die Ermittlungen und hatte die Verantwortung, ich hatte Herrn Elsner versprochen alles für die Aufklärung zu unternehmen. So versagt zu haben, mochte ich nicht hinnehmen. So beschloss ich ein Wiederaufnahmeverfahren anzustreben, das sollte in unserem freien Land ja nun kein Problem mehr darstellen.

Die erste Enttäuschung musste ich einstecken, als ich die Unterlagen anforderte. Diese waren nur noch unvollständig vorhanden und gaben keine Möglichkeit mehr her, die Staatsanwaltschaft zu überzeugen, den Fall wieder aufzurollen. Und, als könnte es nicht noch schlimmer kommen, wurde ich in das Büro des Leiters der Kriminaldirektion Sachsen zitiert. Ich staunte nicht schlecht, als ich in das Zimmer des Kriminaloberrats eintrat. Ich wurde empfangen vom ehemaligen Oberstleutnant der Deutschen Volkspolizei, Franz Gassner.

„Kriminalkommissar Baumann, ich grüße Sie, wie geht es Ihnen?"
Das ausgerechnet dieser Mann hier saß, kam mir irgendwie sehr scheinheilig vor, aber ich spielte mit.

„So weit, so gut, ich kann nicht klagen, Herr Kriminaloberrat. Sie haben mich doch nicht herbeordert, um mich zu fragen, wie es mir geht, oder?"

„Ganz der Alte. Das ist richtig! Ich muss Ihnen die Mitteilung machen, dass Sie für den Dienst eines Kriminalkommissars in der Bundesrepublik Deutschland nicht tragbar sind. Ich wollte Ihnen das noch persönlich mitteilen, bevor Sie in den nächsten Tagen dann ihre formelle Entlassung bekommen. Das ist jetzt wirklich sehr schmerzhaft und ich weiß, was für ein hervorragender Kriminalpolizist Sie sind."

In dem Moment schwankte ich im Kopf zwischen: „Ich muss Contenance bewahren" und „Ich haue ihm auf die Schnauze", er hatte es richtig genossen, mir das zu sagen. Jedenfalls kam mir das so vor.

„Darf ich denn den Grund für meine Entlassung erfahren?"

„Selbstverständlich! Wie Sie ja wissen, werden alle ehemaligen Volkspolizisten überprüft. Bei den Überprüfungen wurden Ihnen Verstrickungen mit dem Ministerium für Staatssicherheit nachgesagt."

„Bitte, was wird mir nachgesagt?"
Ich hatte meine Mühe, ruhig zu bleiben.

„Bis 89 hatten Sie anscheinend eine saubere Weste, wie man so schön sagt. Doch mit dem Fall Elsner änderte sich das. Sie erinnern sich? Die junge Frau, die vom Zug überfahren wurde."

„Natürlich erinnere ich mich. Sie selbst waren bei uns in der Dienststelle und haben den Fall für abgeschlossen erklärt. Das haben Sie meinem Kollegen Bauer befohlen."

„Mag ja sein dass es so gewesen sein könnte, Fakt ist aber, dass mir der ehemalige Major Gerhard Karnowski vom MfS mitteilte, Sie hätten sich kooperativ gezeigt."

„Wenn es kooperativ ist zu sagen, dass ich keine Rücksicht nehme, damit keine Unannehmlichkeiten entstehen können, ja dann, aber nur dann, habe ich mit dem MfS zusammengearbeitet. Das ist richtig. Nur um das eine klar zu stellen, Herr Gassner, Frau Jakobi wurde nicht vernommen. Das ist korrekt. Nur hat das nichts, aber auch gar nichts mit dem MfS zu tun. Frau Jakobi wurde nicht befragt, weil Sie, Herr Gassner, den Fall eingestellt haben, noch bevor wir tätig werden konnten."

„Nun, wie dem auch sei, Herr Baumann. Es haben neue Zeiten begonnen, Zeiten des Aufbruchs, der Veränderungen …"

„… und der Ellenbogengesellschaft", fiel ich ihm ins Wort.

„Wissen Sie denn schon, was Sie tun werden?"

„Ich war mein Leben lang Polizist mit Leib und Seele. Im Gegensatz zu manch anderen, habe ich mich nie beeinflussen lassen und ich werde auch jetzt nicht anfangen, meine Fahne in den Wind zu hängen."

Dann verließ ich erhobenen Hauptes Gassners Zimmer und setzte mich in mein Auto. Selten hatte ich in meinen Leben solchen Schwermut erlebt, was soll ich nur tun?

Nochmal die Schulbank drücken?

Mit fast 39 und den ganzen jungen Kerlen dort? Och bitte. Da muss mir doch noch was Besseres einfallen. Soll ich kämpfen, um meinen Beruf zu behalten?

Um mich dann von diesen Wendehälsen herumkommandieren zu lassen?

2018

27 Jahre später, es ist Freitag, der 6. April. Ich bin gegenwärtig schon 66 Jahre alt und stehe zum 29. Mal am Grab von Frau Elsner.
Seit nun schon 15 Jahren besuche ich auch das Grab direkt nebenan.

Herr Elsner wurde dort beigesetzt. Nachdem sein Betrieb 1993 geschlossen wurde, verlor er seinen Beruf.
Nach einigen Jahren Arbeitslosigkeit, fand er einen Arbeitsplatz in den alten Bundesländern und pendelte nun jedes Wochenende, um seine Kinder zu sehen. An einem Donnerstagabend, dem 11. April 2003, er war gerade auf dem Heimweg und wollte zu seiner Familie, stand er in einer Senke auf der Autobahn 9 bei Münchberg im Stau. Es schneite an diesem Tag, was zu einer Karambolage mit 182 Fahrzeugen führte. 50 Sanitäter waren im Einsatz um die 56 Verletzten, darunter viele Schwerverletzte zu versorgen. Ein LKW Fahrer übersah das Stauende und fuhr ungebremst in das ohnehin schon verkeilte Auto von Herrn Elsner hinein. Er hatte keine Chance mehr da raus zu kommen.
Fast jedes Jahr treffe ich die Kinder der Elsners, die nun auch schon Mitte 30 sein müssen. So wie

es aussieht, haben sie ihren Weg gefunden. Manchmal reden wir über alte Zeiten und wie es war, dann auch noch den Vater zu verlieren. Erschwerend kommt noch dazu, dass die Familien von damals, heute so gut wie keinen Kontakt mehr zueinander haben.

„Unsere Großeltern leben einfach in unterschiedlichen Welten, so wie meine Schwester und ich", sagte Karsten Elsner mal zu mir.

Während Karsten bereits enorme Probleme in der Schule hatte und immer wieder auffällig geworden war, trat Lydia Elsner in die Fußstapfen ihrer Mutti. Mehr noch, sie absolvierte nach dem Abitur ein Medizinstudium und arbeitet heute als Ärztin Zwickauer Krankenhaus. Lydia, war noch jünger und anscheinend hat sie es anders verarbeitet als ihr Bruder. Sie kam auch nie ans Grab, aber der Bruder kam immer wenn er ein Problem hatte um zu reden, wie er selbst mal erzählt hat.

Was mich betrifft: Ich hatte immer Glück. Etwas Besseres als 1991 entlassen worden zu sein, hätte mir nicht widerfahren können. Mit meiner neu gewonnenen Freiheit und meinen kleinen Ersparnissen holte ich zunächst ein paar Reisen nach und erfand mich mit der Zeit neu. Dank des

LKW Führerscheins, den ich noch zu NVA Zeiten gemacht habe, schlug ich mich viele Jahre als LKW Fahrer im Nah- und Fernverkehr durch.

Die meisten Touren waren Autotransporte. Ich holte alle möglichen, teils völlig heruntergekommenen Autos aus den alten Bundesländern und brachte sie in die neuen Bundesländer. Das ging solange gut, bis mein Rücken den Rest meines Körpers zwang mit der Fahrerei aufzuhören.

In mir reifte die Idee selber ein Autohaus zu eröffnen. Eins, in dem es nur geprüfte Autos geben wird. Das tat ich dann auch. 2010 sollten es dann sogar schon fünf Autohäuser sein. ‚Ehrlichkeit währt eben doch am längsten‘ und ‚sich regen bringt Segen‘, sagte ich mir immer. Vor Jahren schon nahm ich mich mehr und mehr aus der Firma raus und begann, mich mit wichtiger gewordenen Dingen zu befassen, nämlich dem Lesen, dem Entdecken neuer Länder sowie deren Kulturen und meinem Garten.
Vor vielen Jahren bin ich dann nach Crimmitschau gezogen, wo ich bis dato lebe. Eine Zeit lang habe ich versucht auf eigene Faust im Fall Elsner zu ermitteln. Leider ohne jedes nennenswerte Ergebnis.
Das einzige, was ich in Erfahrung bringen konnte

und was in meinen Augen mit dem Fall in Verbindung stehen konnte, trug sich im Jahr 1992 zu. In diesem Jahr brannte Jakobis Auto, ein ziemlich teures deutsches Automobil, komplett nieder. Vandalismus hieß es damals. Großartige Ermittlungen fanden aber nicht statt. Man meinte, es sei der Neid der Ärmeren, die sich kein so teures Auto leisten können.

Es konnte noch nicht einmal ermittelt werden, wie das Auto in Brand gesetzt wurde. Schon wenige Wochen später wurden die Ermittlungen dann ganz eingestellt und der Schaden wurde von der Versicherung beglichen.

Das Angebot

Fast 30 Jahre ist es nun her, dass Frau Elsner tot auf den Gleisen im Werdauer Hauptbahnhof gefunden wurde und für viele schon längst vergessen.

Auch ich hatte längst nicht mehr alle Details des Geschehens im Kopf. An einem grauen Tag im Januar 2018 passierte dann etwas, was meine Erinnerungen auffrischen sollte. Ich saß, wie so oft am Abend, auf der Couch und surfte mit meinem Klappcomputer, oder Laptop wie die meisten ihn nennen, in einem bekannten Netzwerk. Irgendwie mag ich das, sieht man doch immer gleich Neuigkeiten aus der ganzen Welt und man hält Kontakt zu Freunden, Bekannten und Verwandtschaft, ohne viel dafür tun zu müssen.

Als Mitglied in verschiedenen Gruppen kann man sich prima mit Gleichgesinnten austauschen. Als ehemaliger Kriminalpolizist und Technikbegeisterter, bin ich in der Gruppe „Volkspolizei der DDR" und „Computertechnik der DDR".

Ein Angebot ist mir ganz besonders aufgefallen: Ein Gruppenmitglied bot in einem Post einen KC85/4 Heimcomputer zum Kauf an. Da diese Computer immer mal wieder zum Kauf angeboten werden, war das an und für sich nichts Weltbewegendes.

Was mich jedoch aufblicken ließ, war der Text und das Bild des Posts.

„Abend, biete Euch hier einen KC85/4 mit 1,77 MHz Tastfrequenz und 64 KByte RAM an. Der KC ist ein Kleincomputer der Reihe KC 85/2-4, die es ab 1984 in der DDR gab. Hergestellt wurde dieser Heimcomputer einst vom VEB Mikroelektronik „Wilhelm Pieck" Mühlhausen. Sowas gibt's heute nicht mehr, das ist noch Qualität!!! Der Zustand ist sehr gut!!! Mit dabei ist ein Kabel für den Fernseher, Datasette (auch mit Kabel), Tastatur und jede Menge Kassetten. Der Computer lässt sich einschalten und zeigt auch das Startbild. Die Datasette habe ich nicht getestet. Ob die Kassetten noch funktionieren kann ich auch nicht sagen. Es sind drei originale Spielekassetten und sechs handschriftlich beschriebene Kassetten dabei. Eine davon hat wohl jemand versehentlich in einen Modulschacht gesteckt. Ich habe die Kassette beim Reinigen gefunden und raus geholt. Meine Preisvorstellungen liegen bei

75,- Euro mit Versand."

Der Anbieter hatte noch drei Bilder mit eingestellt. Auf diesen waren neben dem eigentlichen
Computer auch die Kassetten zu sehen. Natürlich
drückte ich nicht „Gefällt mir", das mache ich
nie, kompletter Quatsch. Die Datumsangaben,
die auf der Beschriftung der Kassetten zu sehen
waren, weckten mein Interesse. Leider waren die
Bilder zu klein und man konnte im Browser noch
nicht alles sehen. Zuerst habe ich versucht die
Seite komplett zu vergrößern und drückte einige
Male „STRG+". Ohne Erfolg. Der Text sprang
mich zwar fast an, aber die Bilder blieben klein
und man konnte nur ahnen, was genau da stehen
sollte.

Erst als ich die Bilder auf meiner Festplatte ge-
speicherte und sie dann mit einem Bildbetrach-
tungsprogramm anschaute, konnte ich besser
erkennen, was da abgebildet war. Die Kassetten
waren anscheinend mit Datumsangaben von
1989, 90, 91, 92 und 1993 beschriftet. Jeweils
Januar bis Juni und auf Seite 2 stand Juli bis De-
zember.

Auf einer Kassette stand irgendwas mit „6489 gameover". Irgendwas hatte dieses Angebot. Ich bin
mir nicht sicher was, aber könnte „6498" nicht
06.04.1989 bedeuten? Das ist der Tag, an dem

Frau Elsner starb. Es könnte aber auch ein Lied sein: „Looking for Freedom" zum Beispiel, es kam an diesem Tag in die Charts.

Trotzdem, ich musste diesen Computer und die Kassetten kaufen. Wie aus dem Profil des Anbieters hervorging, kam er aus Fraureuth, das ist gleich um die Ecke bei Werdau. So ein Glück hat man nicht alle Tage, dachte ich mir und schrieb ihm eine private Nachricht.

„Hallo und guten Abend, Baumann mein Name. Ich interessiere mich für ihren Computer. Ist das Angebot noch aktuell und wäre es denn möglich ihn gleich abzuholen? Ich komme aus Crimmitschau und könnte in 30 Minuten bei Ihnen sein. LG Baumann."

Ich sah, dass der Anbieter, Mario P. gerade online war, also ging ich davon aus, dass er mir auch gleich antworten würde. Und so war es auch.

„Hallo Herr Baumann, der Computer ist noch da. Wenn Sie möchten, können sie ihn gleich holen. Aber: Es ist ein 30 Jahre altes Teil, das man nicht mehr benutzen kann, um damit zu arbeiten und so! Garantie gibt es natürlich auch nicht mehr. Auch keine Rücknahme mit Geld zurück

oder so was. Und das Geld muss in bar fließen!
LG Mario"

Die Antwort empfand ich als unfreundlich, aber
wer weiß, vielleicht hat er schon schlechte Erfahrungen gesammelt.

„Können Sie mir noch ihre Adresse senden?"

Kurze Zeit später sendete er mir seine Adresse,
worauf ich mich völlig euphorisch und voller Ta-
tendrang in mein Auto setzte. Er wohnte gleich
hinter dem Ortseingang von Fraureuth. Als ich
wenig später dann durch Werdau in Richtung
Fraureuth fuhr, musste ich daran denken, wie ich
damals mit meinem Trabant genau diese Strecke
abgefahren bin, um die Zeit zu ermitteln, die Jakobi gebraucht haben könnte.
Unglaublich, 27 Jahre war das jetzt schon her.
Wie doch die Zeit vergeht. Meinen Trabant habe
ich übrigens noch immer. 2015 wurde er komplett restauriert und steht seit dem trocken in der
Garage, ist jetzt mein Sonntagswagen.

Der Verkäufer

Nach kurzer Suche fand ich das Wohnhaus und klingelte. Mario öffnete mir die Haustür und bat mich mit schroffem Ton in den Hausflur. Vielleicht ist es generell seine Art mit Fremden umzugehen, vielleicht ist er aber auch verbittert. Alles sieht aus, als wäre in diesem Mehrfamilienhaus schon lange nichts mehr repariert wurden. Von den sechs Wohnungen sind anscheinend nur drei vermietet, was ich auf Grund der Namensschilder an der Eingangstür folgerte. In jeder Ecke hatte sich Monate alter Schmutz breit gemacht und man konnte riechen und sehen, dass in diesem Haus ein Kettenraucher wohnt.
Nach gefühlten fünf Minuten des Wartens, öffnete sich die Wohnungstür und er kam mit einer großen Supermarkttasche heraus, die er vor sich abstellte.

„75", sagte er.

„Macht es Ihnen was aus, mir erst alles zu zeigen?"

„Willst du jetzt stressen?"

„Nein, natürlich nicht. Ich möchte nur sicher gehen, dass auch wirklich alles dabei ist, so wie es in ihrem Angebot zu sehen war."

„Dann pack' halt alles nochmal aus, wenn dabei aber was kaputtgeht, bezahlst du mir das!"

„Na klar, das ist nur fair", sagte ich mit gedämpfter Stimme zu ihm. Es ging ihm sicher nur um die 75,- Euro. Würde ich jetzt gehen wollen, ginge er sicher auch mit dem Preis runter. Die Kassetten waren alle dabei, darum ging es mir hauptsächlich.
Computer, Tastatur und zwei Kabel waren auch mit drin. Der komplette Inhalt lag nun nebeneinander ausgerichtet vor der Tasche.

„War in dem Angebot nicht auch noch von einer Datasette die Rede? Die hat wohl nicht mehr in die Tasche gepasst?"

„Für die habe ich schon einen anderen Käufer."

„Aber Sie haben das alles komplett angeboten!"

„Die will aber jemand anderes, tut mir leid. Entweder du nimmst das so oder lässt es halt bleiben."
In meiner Brieftasche müssten noch 130 oder 150

Euro sein, ich nahm sie aus meiner Hosentasche und zählte die Scheine vor seinen Augen und dann noch das Kleingeld. Insgesamt waren es genau 158 Euro und 21 Cent.

„Wissen Sie was, ich habe es mir gerade anders überlegt. Es gibt noch andere Angebote, da sind die Computer in einem besseren Zustand, für weniger Geld. Warum sollte ich Ihres nehmen? Und dann ist noch nicht mal alles dabei wie beschrieben. Bitte entschuldigen Sie, dass ich ihre Zeit beansprucht habe."

„Warte mal! Ich gucke noch mal nach."
Er ging wieder in die Wohnung und kam gleich wieder raus. In seiner Hand hielt er die, eigentlich im Angebot enthaltene Datasette.

„Hab mich wohl versehen, hatte ich wirklich dazu geschrieben", versuchte er sich aus der Affäre zu ziehen, um das Geschäft doch noch zu machen. Jetzt kontrollierte ich den Preis, man konnte spüren, wie erpicht er war, den Verkauf doch noch abzuschließen und wie sehr er das Geld brauchte.

„Na dann steht ja nichts mehr im Weg, oder? Hier sind ihre 75,- Euro" sagte ich, während ich ihm das Geld übergab.

„Geht klar!"

„Ach sagen Sie, ich sammele diese Computer und würde gerne die Herkunft abklären. Können Sie mir dazu noch etwas erzählen?"

„Nee, da weiß ich nichts. Geklaut ist er jedenfalls nicht", sagte er mit erhobener Stimme.

„Das steht doch auch nicht zur Debatte, wo haben Sie ihn denn her?"

„Haushaltsauflösung. Vorige Woche. Das Ding stand auf dem Dachboden in einer Kiste verpackt, in der Stadtgutstrasse, Werdau. Ich glaube Brandt hieß der. Die Hausnummer hab ich mir nicht gemerkt. Keine Sorge, war alles trocken gelagert. Der Mann ist ins Altersheim gekommen und seine Frau ist schon ein paar Jahre tot. Jetzt wird es ihn wohl auch bald treffen, lohnt sich doch alles nicht mehr."

„Was meinen Sie denn genau?"

„Früher, da haben wir noch zusammengehalten, da hat man auf sich aufgepasst. Und jetzt? Der alte Mann war ganz alleine, die Kinder wohl im

Westen. Enkel soll es auch noch geben, aber keiner weiß wo."

„Danke, da stimme ich mit Ihnen überein, heutzutage ist alles sehr viel kälter geworden. Die Menschlichkeit bleibt immer mehr auf der Strecke."
Plötzlich half er mir sogar beim Einpacken. Nachdem die Haustür wieder geschlossen war, warf ich noch einen 20 Euro Schein in seinen Briefkasten. Irgendwie fühlte ich mich schuldig, dass ich ihn um das Geld für die Datasette gebracht hatte. In seinem Angebot war die eigentlich mit dabei und normalerweise gibt es da auch keine Kompromisse, aber ich denke, Mario P brauchte jeden Euro.
Zu Hause legte ich mir als erstes eine Decke auf meinen Schreibtisch. Dann holte ich das gute Stück aus dem Auto und stellte den Computer auf den Tisch.
Der Computer ist ca. 38 cm breit, 27 cm tief und 7 cm hoch. Beim Reinigen des Geräts musste ich an zwei Witze aus DDR Zeiten denken: „Unsere Mikroelektronik ist nicht klein zu kriegen" oder „Die Mikroelektronik der DDR kommt ganz groß raus", spottete manch einer damals.
Nach der Reinigung des Gehäuses, wischte ich die Tastatur ab, sie war im Lauf der Jahre völlig ver-

gilbt.

„Das wird wohl nicht mehr abgehen", murmelte ich vor mir hin.

Wenig später stellte ich die Tastatur vor den Computer und steckte deren Kabel in den dafür vorgesehenen „Keyboard" Anschluss. Gleich neben dem Anschluss für die Tastatur, befindet sich der Anschluss für das Kassettenlaufwerk, da kam das Kabel der Datasette hinein.

Die Kassetten waren augenscheinlich in einem recht guten Zustand, alles Handgeschriebene war zwar teilweise schon sehr verblasst, aber wenn man genau hinschaut, noch zu lesen. So wie wir früher das oft machten, nahm ich mir einen Bleistift und spulte jede Kassette zurück. Ich war schon am Überlegen, welches Verlängerungskabel man am besten für diesen Testaufbau nehmen könnte, da fiel mir ein, dass ich ja noch gar keinen Monitor hatte.

Irgendwo auf dem Dachboden müsste ich noch einen alten Junost Schwarz/Weiß- Fernseher haben, ging mir durch den Kopf. Eine weitere Viertelstunde verging, bis ich den alten Kofferfernseher gefunden, entstaubt und auf den Computer gestellt hatte. Jetzt musste ich nur noch mit dem Antennenkabel Computer und Fernseher verbinden.

Kann das sein?

Ich fühlte mich, als dann alles fertig auf dem Schreibtisch stand, 30 Jahre in der Zeit zurückversetzt
So musste ein Arbeitsplatz mal ausgesehen haben.
Zuerst schaltete ich den Fernseher ein.
Es roch ein wenig nach warmen Staub und man konnte zusehen, wie sich das Bild langsam aufgebaute. Zunächst war nur ein schwarz–weißes Kriseln zu sehen, als würden tausende Ameisen auf dem Bildschirm wuseln, dann schaltete ich den Computer ein. Und siehe da, der Startbildschirm erschien.

Nach kurzen Recherchen im Internet brachte ich in Erfahrung, wie ein Programm geladen wird. Man geht auf dem Startbildschirm mit den Cursortasten hinter das Wort „LOAD" drückt die „ENTER" Taste und dann auf die Taste „PLAY" auf der Datasette.
Zunächst passierte nichts. Ich hatte vergessen eine Kassette einzulegen. Meine erste Wahl fiel auf die Spielekassette. „Spiele 2".
So, noch mal: „LOAD", „ENTER", „PLAY". Ein fürchterliches Krächzen kam aus dem Lautsprecher der Datasette.

„Krrrrrt pip krrrt pip krrrrrrrrrrrrrrrrrrt pip krrrrrrt pip krrrrrt krrrrt krrrt krrrrrrrrrrrrrrrrrrrrrrrrrrrrrt pip ..."

Minuten lang ging das so, ein ohrenbetäubender Lärm. Das Geräusch wurde erst durch das Runterregeln der Lautstärke ein wenig erträglicher. Als es aufhörte, erschien auf dem Bildschirm der Schriftzug „Hase und Wolf" – „HATTU LUST MUTTU <ENTER>".

Es ist ein Spiel, in dem es darum geht, sich vom Wolf nicht erwischen zu lassen und dabei Möhren zu sammeln. Klasse! Instinktiv wollte ich immer mal nach der Maus greifen, aber die gab es für diesen Computer damals wohl noch nicht. Nach und nach testete ich die Kassetten auf ihre Funktion. Es waren noch weitere Spiele mit dabei. Eine Originalkassette funktionierte leider nicht mehr. Ihr Band ging so schwer, dass es vom Kassettenrekorder nicht transportiert werden konnte.

Das war mir aber schon beim Spulen aufgefallen. Vier der sechs Kassetten hatte ich bereits getestet, sie waren mit Musik aus den 80ern überspielt. Orginal muss da aber auch mal ein Programm drauf gewesen sein, denn immer am Anfang der Kassette kamen für ein paar Sekunden die Geräusche des Programmcodes.

Schade dachte ich und nahm die nächste Kassette

„LOAD", „ENTER", „PLAY" und dann krächzte es wieder. Der Bildschirm blieb erst dunkel, bis sich Zeile für Zeile ein Text aufgebaut hatte. Der Text war formatiert, manche Stellen eingerückt. Erst dachte ich, es handelt sich hier wieder um eine Anleitung für ein nun folgendes Spiel. Doch je mehr ich las, desto mehr kam ich davon ab. Offenbar habe ich hier eine Art Tagebuch vor mir.

„Logbucheintrag 3389-1:
Papa hat mir heute ein neues Spiel mitgebracht. Ich bin der einzige in der ganzen Klasse, der selber einen Computer hat. Es ist sehr schwer zu spielen. Nie finde ich den Schatz. Ich werde beginnen, die Bedienungsanleitungen zu lesen.

Logbucheintrag 4389-1:
Mutti hat mir heute mein Fahrrad weggenommen, weil ich keine Kohlen hochgeholt habe. Sehe ich gar nicht ein, das jeden Tag zu machen. Soll sie doch selber gehen. Oma ist auch nicht besser. Nie gibt es das zu essen, was ich will.

Logbucheintrag 6389-1:
Heute Nachmittag habe ich mit Claudia gelernt, aber ihre weißen Flecken auf den Fingernägeln ekeln mich an. Claudia und Marina haben die größten Brüste und in der Schule habe ich mich

immer gemeldet.

Logbucheintrag 9389-1:
Frau Peters setzte sich heute auf meinen Tisch. Sie hat eine große Uhr um und einen Rock an. Die ganze Mathestunde musste ich draußen stehen. Nur wegen dem doofen Mike.

Logbucheintrag 29389-1:
Papa war heute Abend da. Er hatte Besuch von dieser blonden Schnepfe. Ich mag die nicht. Wenn Mutti wüsste, dass die wieder da ist, würde sie die raus hauen. Vorhin war ich noch mal im Bad und habe die gesehen. Fast nackt sitzt die auf Papa. Ekelig.

Logbucheintrag 30389-1:
Heute früh habe ich zu Papa gesagt, das ich ihn gesehen habe und die Blonde und dass ich es Mutti sagen werde, wenn er sie wieder mitbringt.

Logbucheintrag 30389-2:
Papa nimmt mir meinen Computer weg, wenn ich etwas sage.

Logbucheintrag 1489-1:
Meine Mathehausaufgaben sind fertig. Claudia hat mir geholfen. Den ganzen Tag habe ich Alt-

papier gesammelt.

Logbucheintrag 1489-2:
Papa hat die doofe Kuh schon wieder mit. Die denken, ich habe die nicht gesehen.

Logbucheintrag 5489-1:
Habe jetzt endlich meinen Spiegel bekommen. Mutti hat ihn mir gleich ran geschraubt. Und ein neues Schutzblech habe ich bekommen. Und Papa hat mir noch eine Kassette mitgebracht. Jetzt ist die schon wieder da.

Logbucheintrag 5489-2:
Papa fährt die Kuh bestimmt wieder auf den Bahnhof, statt Frühstück zu machen."

Weiter war kein Eintrag mehr auf dieser Kassette.

Die letzte Kassette

Ich legte die letzte, der sechs mit Hand beschrifteten Kassetten ein.

Es war die, auf der man nur noch schwach die Aufschrift „6489 gameover" lesen konnte. Zugegeben, ich brauchte ein paar Minuten, bis ich herausfand, was sich hinter den Zahlenkombinationen verbarg, aber es ist ganz einfach: 303891 bedeutet nichts anders als Donnerstag, 30.03.1989. Die letzte Zahl zeigte an, wie viele Einträge an einem Tag gemacht wurden.

„LOAD", „ENTER", „PLAY"

„Krrrrt pip krrrt pip krrrrrrrrrrrt pip krrrrrrt pip krrrrrt krrrrt krrrt krrrrrrrrrrrrrrrrrrrrrrrrrrrrrrrt pip ..."

Zum Glück, die Kassette funktionierte noch. Es muss die gewesen sein, die jemand versehentlich in den Modulschacht legt hatte. Das konnte man daran erkennen, dass die Farben der Aufkleber noch nicht so vergilbt waren.

Das nächste, was ich las, sollte mir das Blut in den Adern stocken lassen.

„Logbucheintrag 6489-1:

Wusste ich doch, dass Papa die Schlampe wieder auf den Bahnhof gebracht hat. Sie hat mich erkannt und ich habe sie geschubst. Ich lasse mir meinen Computer nicht wegnehmen. Game Over"

Mein Gott, kann das möglich sein?
Klebt das Blut einer Tat aus der Vergangenheit an dieser Kassette?
Hatte ein Kind Frau Elsner vor den Zug gestoßen?
Aus Angst davor, dass es den Computer weggenommen bekommt?

Die ganze Nacht habe ich kein Auge zugemacht.
Wie gehe ich vor?
Wohin wende ich mich?
Soll ich mich da überhaupt reinhängen?
Wie alt ist denn das Kind jetzt? Muss ja auch schon weit über 30 sein.

„Jetzt nur keine voreiligen Schritte machen, Baumann!", flüsterte ich mir selbst zu.
Ich muss Bauer finden!

Bauer und ich hatten uns ungefähr im Jahr 2000 das letzte Mal gesehen. 1999 quittierte er seinen Dienst bei der Polizei und ging nach Amerika.

Anfänglich schrieben wir uns noch ein paar Mal, aber die Abstände von Brief zu Brief wurden immer länger, bis wir dann komplett damit aufhörten.

Das Letzte, was ich von Bauer gehört habe, ist, dass er wieder in Deutschland sein müsste. Er soll sich in den Staaten wohl verliebt haben und gründete eine Immobilienfirma. Fast den ganzen Tag saß ich vor meinem Laptop und recherchierte vergebens in allen möglichen sozialen Netzwerken. Ich suchte dann auf gut Glück in diversen Unternehmensregistern.

Der Eintrag unter „Bauer & Bauer Immobilien Leipzig" sah sehr vielversprechend aus. Es gab einen weiterführenden Link auf die Unternehmenswebsite der Firma Bauer & Bauer Immobilien. Gegen 16 Uhr griff ich zum Handy, um die im Impressum der Website angegebene Telefonnummer zu wählen.

Seltsam, nach so vielen Jahren und er lebt in Leipzig, keine 60 km von mir entfernt?

„Bauer und Bauer Immobilien, einen schönen guten Tag, Sie sprechen mit Frau Praße. Was kann ich für Sie tun?", fragte eine freundliche Stimme, hinter der ich mir eine junge Frau mit Headset und einem Lächeln im Gesicht vorstellte.

„Mein Name ist Baumann, ich hätte gerne Herrn Bauer gesprochen."

„In welcher Angelegenheit darf ich Sie ankündigen, Herr Baumann?" Ja na eben, in welcher Angelegenheit denn, stockte ich und überlegte.

„Es geht um Altlasten, er weiß in Verbindung mit meinem Namen sicher worum es geht."

„Okaaaaay, ich stelle Sie durch." Nach kurzer Musikberieselung in der Warteschleife wurde ich durchgestellt.

„Bauer hallo, was kann ich für Sie tun?"

„Bauer? Sind Sie es?" Seine Stimme klang eher wie die eines 30-Jährigen, denn eines 60-Jährigen.

„Es gibt auch noch Bauer Senior, aber der ist heute nicht zugegen."
Ah, sein Sohn.

„Entschuldigen Sie bitte die Störung, Herr Bauer. Ich glaube, ich habe mit ihrem Vater zusammen gearbeitet, vor sehr vielen Jahren. War ihr Herr Papa denn mal bei der Polizei?"

„Ach! Sie müssen sein ehemaliger Kollege Baumann sein, er hat schon so viel von Ihnen erzählt.
Haben Sie etwas zum Notieren? Ich gebe Ihnen
die Handynummer."

„Na dann, legen Sie los", sympathischer junger
Mann, sehr zuvorkommend, dachte ich, während
er mir die Telefonnummer seines Vaters diktierte.

Alter Freund

19 Uhr, fast drei Stunden vergingen. So lange wartete ich an diesem Tag noch, dann griff ich erneut zum Handy. Es klingelt.

„Bauer, hallo?"
Ja, die Stimme kam mir bekannt vor.

„Hier ist Baumann. Ich grüße Sie!"

„Baumann, altes Haus. Wie geht es Ihnen? Es müssen doch bestimmt schon wieder 20 Jahre her sein, oder?"

„18, glaube ich und mir geht es blendend, na gut, der Rücken macht mir manchmal zu schaffen, aber sonst kann ich mich nicht beklagen."

„Wie komme ich denn zu der Ehre, dass Sie sich bei mir melden?"

„In erster Linie, möchte ich Sie wiedersehen. Das ist aber nicht der Grund, weswegen ich Sie ausgerechnet heute störe."

„Sie stören doch nicht!"

„Ich muss mit Ihnen reden. Allein."
Der Smalltalk war sofort vorbei.

„Wo und wann wollen wir uns treffen?"

„Ich dachte, wir treffen uns auf ein paar Bier an unserem alten Platz, am Weiher, in Werdau?"

„Und wann?"

„Ich bin flexibel, wann passt es denn?"

Bauer und ich verabredeten uns für den kommenden Samstag, den 27. Januar um 15 Uhr.
 Als ich den kleinen Weg hinter zum Weiher lief, sah ich in der Ferne schon eine warm angezogene Gestalt.
Bauer erkannte mich schon und winkte mir zu. Endlich angekommen, umarmten wir uns so sehr, wie wir es noch nie getan hatten.

„Mensch, Kollege Baumann, Sie sehen ja genauso alt aus wie ich", sagte Bauer scherzend.

„Quatsch, haben Sie schon mal in den Spiegel geschaut?", erwiderte ich, dann mussten wir beide herzhaft lachen.

„Das Letzte was ich von Ihnen gehört habe ist, dass Sie in die Staaten ausgewandert sind und irgendwann wieder da waren und sich mit Immobilien beschäftigt haben. Ich wusste auch nicht, dass Sie einen Sohn haben."

Wir redeten bestimmt eine Stunde, wenn nicht noch länger. Es ist, als hätten wir uns nie aus den Augen verloren. Bauer erzählte mir alles über seine Vergangenheit und ich erzählte ihm alles, was mir widerfahren ist. Wir mussten sehr viel lachen, doch gab es auch immer wieder mal Momente, die betroffen machten, z.B. wenn es um den Tod von Familienangehörigen ging. Irgendwann nannte ich den Auslöser für die Kontaktaufnahme.

„Wissen Sie, was ich durch Zufall aufgetrieben habe?"

„Jetzt spannen Sie mich nicht länger auf die Folter!"

„Nun: Können Sie sich noch an die tote Frau auf dem Bahnhof erinnern?"

„1989, glaube ich. Elsner hieß sie, nicht wahr?"

„Genau. Wir hatten ja beide den Verdacht oder

waren davon überzeugt, dass es sich bei dem Tod der jungen Frau nicht um einen Suizid handelt. Jakobi hieß unser erster Hauptverdächtiger, später hatten wir unseren Blick auf diesen Herr Schiffer gerichtet, der Freund von Jakobi. Kurz danach wurde der Fall als Selbstmord zu den Akten gelegt. Wie Sie wissen, hatten wir damals alles in unserer Macht stehende unternommen, um Licht ins Dunkle dieses Falles zu bringen. Ich hatte Herrn Elsner und seinen Kindern versprochen, den oder die Schuldigen zu finden. Mein Versprechen Herrn Elsner gegenüber konnte ich nicht einlösen, aber seinen Kindern gegenüber fühle ich mich noch immer in der Schuld."

„Er ist tot, ja? Wissen Sie etwas darüber?"

„Elsner ist auf der Autobahn 9 bei Münchberg verunglückt."

„Da war doch diese riesige Karambolage, mit weit über 100 Autos?"

„182 um genau zu sein, Herr Elsner stand im Stauende, als ein LKW ungebremst hineinraste. Er hatte keine Chance und erlag seinen Verletzungen noch am Unfallort. 2003 war das, am 11. April."

„Haben Sie Kontakt zu seinen Kindern?"

„Einmal im Jahr, am 6. April."

„Sagen Sie bloß, Sie gehen noch immer ans Grab von Frau Elsner?" schaute mich Bauer berührt an.

„Jedes Jahr, um die gleiche Zeit. Wahrscheinlich hat mich dieser Fall deshalb nie losgelassen. Elsners Kinder legten zur Beerdigung ihrer Mutter dieses selbstgemalte Bild nieder. Ob Sie es glauben oder nicht, ich träume immer noch von dem Bild der Kinder, der Beerdigung und den Anblick von Frau Elsner. Wie sie auf dem Gleis lag, mit den weit geöffneten Augen, das ganze Blut …"

„Ich glaube, ich verstehe was sie meinen, mein Freund. Aber was haben sie denn nun aufgetrieben?"

„Anfang der Woche daddelte ich im Internet und sah in einem sozialen Netzwerk eine Anzeige von jemanden aus Fraureuth. Ein alter Computer aus DDR Zeiten, komplett mit Datasette und ein paar Kassetten.
Auf einer Kassette konnte ich, nachdem ich das Bild vergrößert hatte, noch eine schwache Auf-

schrift erkennen. „6489 gameover“, wobei ich mir bei „gameover“ nicht sicher war, das Datum konnte ich aber erkennen. Um ehrlich zu sein, ich habe mir eigentlich nichts dabei gedacht. Mir ging zunächst nur darum, ein Relikt aus dieser Zeit zu sehen und irgendwas mussten diese Zahlen ja bedeuten. Wie seit vielen Jahren nicht mehr, hatte ich wieder so ein Gefühl im Bauch. Wissen Sie, was ich meine?“

„Natürlich, reden Sie weiter.“

„Das ganze Paket hat auch nur 75,- Euro gekostet. Ich habe es dann am selben Abend noch geholt und aufgebaut.“

„Und dann?“

„Die Spiele, die dabei sind, sollten Sie übrigens mal versuchen. Einige Kassetten wurden leider schon mit Musik überspielt.“

„Wie man das damals halt so gemacht hat“, warf Bauer ein und schmunzelte.

„Aber jetzt kommt´s: Auf zwei Kassetten ist so eine Art Tagebuch gespeichert. Das müssen Sie sich unbedingt ansehen. Es sieht so aus, als hätte da ein Kind oder 'Teenager', wie man heute so schön sagt, einen Mord gestanden. Kaltblütig hat der männliche Verfasser, geschrieben, dass er 'Sie' geschubst hat. Und dann noch 'Game Over'."

„Und Sie glauben also?"

„Da bin ich mir fast sicher!"

„Woher wollen sie überhaupt wissen, dass es sich um einen männlichen Verfasser handelt?"

„Ich habe es jetzt nicht im Kopf, wann genau die Einträge waren, aber es hat wie aus der Sicht eines Jungen gelesen, u.a. schreibt er über Brüste …"

„Das hört sich in der Tat nach einer Spur an. Wie wollen wir jetzt vorgehen?"

„Mario P., von dem ich den Computer gekauft habe, hat ihn erst eine Woche vorher aus einer Haushaltsauflösung geholt. Wahrscheinlich beim Entrümpeln mitgenommen. Er hat mir auch den Namen gesagt: Brandt heißt der Mann, der seine Wohnung aufgelöst hat, weil er ins Altersheim gezogen ist."

„Das ist doch ein Anfang."

Noch an diesem Abend gingen wir zu mir und ich zeigte Bauer die Tagebücher. Wir waren sofort wieder ein Team. Bauer notierte sich alle relevanten Eckdaten heraus und ich ging in meinen Keller.

„Irgendwo müssen die doch sein", sagte ich zu mir und ging einen Ordner nach dem anderen durch. Nach einer gefühlten Ewigkeit fand ich den Ordner, in dem ich alle meine Berichte und Notizen aufbewahrte.

„Sehen Sie Bauer, nur gut, dass ich damals alles abgeschrieben habe."
Wir verwandelten mein Arbeitszimmer in einen Ermittlungsraum. Es sah aus wie in diesen Fernsehserien. An der Wand hingen die Namen aller damals Beteiligten. Herr Jakobi, Frau Jakobi, Frau Wagner, Frau Berger, Frau Schwarz und Herr Schiffer. Eine Zeit lang war es so still, man konnte eine Stecknadel fallen hören. Bauer war hoch konzentriert und durchbrach ganz plötzlich das Schweigen.

„Wenn wir also davon ausgehen, dass ein Junge diese Texte verfasst hat und ferner berücksichtigen, dass er aus dem Familienumkreis kommen muss, dann bleibt nur der Sohn von Frau Berger,

Jan Berger. Er wurde 1973 geboren, musste also 15 zur Tatzeit gewesen sein."

„Und jetzt ca. 45. Der Computer wurde aber bei Brandt in der Wohnung aufgegabelt", sagte ich mit einer demotivierten Stimme und einem Seufzen. Gemeinsam suchten wir im Internet nach Jan Berger, seiner Mutter und seiner Schwester. Weder in sozialen Netzwerken noch in anderen Portalen war etwas zu finden. Mittlerweile war es Mitternacht, als Bauer sagte:

„Wir müssen morgen Herrn Brandt im Altersheim verhören."

„Wie stellen Sie sich das denn vor? Wir sind keine Polizisten mehr."

„Da haben Sie Recht aber wir sind alt!", sagte Bauer, stand auf, krümmte sich, hielt sich der Rücken mit der rechten Hand und sah gleich noch 10 Jahre älter aus.

„Ich verstehe, wir gehen zusammen ins Altersheim und freunden uns mit Brandt an!"

„Vorher sollten wir aber herausfinden, wo er jetzt wohnt."

Erleuchtung im Altersheim

Bauer übernachtete bei mir, was eine Premiere war. Nach dem Frühstück setzten wir uns sofort wieder an mein Notebook und suchten nach Altersheimen in Werdau und Umgebung. Wir fanden 34 Altersheime und Pflegeeinrichtungen. Ich druckte mir eine Liste davon aus, damit ich Notizen anfertigen konnte. Wir haben uns einige Heime herausgesucht, von denen wir der Meinung waren, dass Herr Brandt dort sein könnte. Bauer und ich wechselten uns mit Telefonieren ab. Mal rief er an und gab sich als der Bruder von Brandt aus, mal rief ich an und gab mich als Freund aus.

Unsere „Masche" war, dass wir unseren Bruder / Freund schon Jahre nicht mehr gesehen haben und er sich nicht mal abgemeldet hatte, als er aus der Stadtgutstrasse auszog. Wir stießen zwar stets auf Verständnis, aber helfen konnte uns zunächst niemand. 10 oder 11 Mal mussten wir zum Handy greifen, bis wir Erfolg hatten.

„Ihr Bruder ist letzte Woche zu uns gekommen. Soll ich Herrn Brandt sagen das Sie ihn besuchen werden?", fragte die Pflegerin mit ruhiger Stimme.

„Wie geht es Ihm denn? Ist er noch so verknausert oder hat er das abgelegt?"
Bauer schaute mich mit fragendem Gesicht an.

„So geht es ihm gut, ansonsten kann ich noch nicht so viel über ihn sagen, er ist ja erst ein paar Tage da. Aber wenn Sie jetzt so fragen, kann gut sein, dass er geizig ist."

„Dachte ich mir doch, der alte Stiesel. Na, sagen Sie mal lieber nichts zu ihm, sonst denkt er noch, er muss mich zum Kaffee einladen. Vielen Dank, Sie haben mir sehr geholfen."

„Gerne, auf Wiederhören!"
Dann legte sie auf und Bauer sagte verdutzt: „Was war denn das jetzt? Ganz der Charmeur von damals was?"

„Ich bitte Sie, das war doch noch gar nichts!", spielte ich die Sache runter. Am Nachmittag fuhren wir nach Werdau in das „Pflegeheim an der Pleiße".
Am Eingang trafen wir eine sichtlich gestresste Pflegerin. Sie schob mit der linken Hand einen Rollstuhl und mit der rechten Hand hielt sie ein Telefon. Als sie fertig war, sprach ich sie an:

„Sie werden entschuldigen, mein Partner und ich suchen unseren Freund" ich räusperte, damit man nicht merkte, dass ich keinen Vornamen wusste ‚Brandt‘, ist letzte Woche hier eingezogen."

„Ah, der hat Freunde? Aber kann mir ja egal sein", murmelte die Pflegerin gerade noch so laut, dass man es verstehen konnte.

„Sie finden ihn seinem Zimmer, erste Etage, dann links halten. Zimmer 34. Name steht an der Tür."

„Besten Dank! Und weiterhin noch frohes Schaffen."
Wir gingen in die zweite Etage und klopften an Brandts Zimmertür.

„Kommen Sie schon rein, als ob es Sie interessiert, was ich sage, wenn Sie klopfen."
Wir traten ein, wie er es uns mit einer groben, alten Stimme gesagt hatte. Er saß mit dem Rücken zu uns. Als er sich umdrehte, erschrak er sich.

„Ich dachte es ist die Schwester, die mir wieder irgendwelche Pillen geben möchte, damit ich noch eher abkratze. Wer sind Sie eigentlich?"

„Wir sind nur zufällig hier, mein Partner und ich

suchen nach einem Alterssitz. Sie wissen ja, in den Prospekten ist immer alles schön geschrieben und wenn man die Schwestern hier fragt, dann ist alles bestens. Aber da wollen wir uns doch lieber selber einen Einblick verschaffen."

„Nicht mal so dumm, das hätte ich auch mal machen sollen, dann säße ich hier nicht in diesem Loch."

„Ist es denn wirklich so schlimm hier?", fragte ich mit der besten mitleidsvollen Stimme, die ich auftragen konnte.

„Das Essen, wenn man es so nennen möchte, ist immer kalt, und schmeckt immer gleich. Die Schwestern lassen sich nie blicken, wenn man sie braucht. Ach, ich könnte noch so viel mehr auf- zählen."

„Sie kommen mir so bekannt vor, haben Sie auf der Stadtgutstrasse gewohnt?"

„Bis vorige Woche. Da war die Welt noch in Ordnung. Renovieren wollen die alles, da muss man raus. Danach kann man die Miete sowieso nicht mehr bezahlen", sagte er mit verbitterter Stimme.

„Hier sind Sie wenigstens nicht alleine, das ist doch was, oder?"

„N' alter Dreck ist das. Ach was soll's, die Kinder sind weg, oder tot und mit den Leuten hier reden? Das können Sie ja mal versuchen."

„Wo sind denn die Kinder?"

„Die sind damals rüber, nur die Älteste lebt noch mit ihrer Familie hier. In Chemnitz. Aber glauben Sie bloß nicht, dass die sich mal blicken lassen. Nicht mal beim Auszug ham sie mir geholfen. Geld nehmen sie aber alle gerne an."

„Sie sagten, dass die Kinder weg oder tot sind. Das ist ja tragisch, wen meinten Sie denn?" Die Sibylle meine ich. Das war die zweitälteste. Alkoholikerin sag ich nur, ist 99 gestorben. Das war das Beste für sie. Würde mich nicht wundern, wenn ihre missratenen Kinder an der Nadel hängen."
Wie kann man nur so abgrundtief böse von seinen eigenen Enkelkindern sprechen? Dann redete ich weiter und tat verständnisvoll.

„Sie meinen die Kinder von Sibylle Brandt, nicht

wahr? Kann mir schon vorstellen, wie das sein muss, wenn jemand den eigenen Namen so in den Dreck zieht", sagte ich zwiegespalten und schaute zu Bauer.

„Da verwechseln Sie aber was, Sportsfreund. Die Sibylle heißt Berger mit Nachnamen, so wie die Älteste. Die hat meine Frau mitgebracht. Meine richtigen Kinder sind nicht so missraten."

„Ach ja, genau. Ich kenne Sibylle, sie ist ein ganz anderes Kaliber, als Sie das sind."

„Das will ich wohl meinen."

Dann meldete sich Bauer erstmals zu Wort.

„Die Sibylle hat doch auch Kinder? Zwei, oder?"

„Auch schon Ewigkeiten nicht gesehen. Julia wohnt hier in Werdau, auf dem Markt und Jan, wo der ist, keine Ahnung. So ein Hallodri, der hat bestimmt noch nie richtig gearbeitet. Wenn er Geld brauchte, konnte er auch was machen, aber bei dem ist Hopfen und Malz verloren."

„Hat er denn auch in Werdau gewohnt?"

„Freilich, wir haben alle in dem Haus in der Stadtgutstrasse gewohnt. Bis meine Frau gestorben ist, dann sind alle ausgezogen. Meine Frau hat er auf dem Gewissen!"

„Bitte? Wollen Sie sagen, er hat ihre Frau getötet?"

„Das kann man so sagen, er hat ihr so viel Kummer und Sorgen bereitet, dass sie Krebs bekommen hat. Und meine Frau war so dumm und hat alles für ihn gemacht."

„Wir sind ganz schön vom Thema abgekommen Herr Brandt. Was wir eigentlich wissen wollten ... Können Sie das Pflegeheim nun empfehlen oder nicht?"
Ohne wirklich eine Antwort zu wollen, standen wir beide auf und Bauer sagte noch ein paar nette Worte.

„Wir werden uns mal noch ein paar andere Unterkünfte anschauen. Vielleicht sieht man sich ja wieder. Bis später vielleicht, Herr Brandt."

„Machen Sie es gut." Dann dreht er sich weg und wir verließen das Zimmer.

„Da haben Sie aber ganz schön geflunkert, Baumann. Sie kennen niemanden. Hab ich Recht?"

„Das haben Sie, dafür haben wir alle Informationen, die wir wollten und ich habe das Gefühl, dass wir jederzeit den Brandt besuchen können. Er ist so verbittert, dass er sich gerne selber beim Reden zuhört." Kurze Zeit später hatten wir das Gebäude verlassen und standen in einem kleinen Park. Bauer schaute eine ganze Weile auf sein Handy. Er hatte sich da so eine Art Verzeichnis mit Bildern und Texten von damals und heute angelegt.

„Mensch Baumann, dass kann kein Zufall sein. Wenn die all dort gewohnt haben, dann ist das bestimmt der Computer von Jan Berger. Können Sie sich noch daran erinnern, wer der Vater von Jan und Julia Berger ist? Na? Wie sieht es aus mit ihrem Gedächtnis?"

„Ich habe so eine Vermutung. Helfen Sie mir mal auf die Sprünge, ist doch fast 30 Jahre her." „Ich gebe Ihnen nur einen Tipp: Fängt mit ‚J' an und hört ‚akobi' auf."

„Die Mutter der beiden war auch eine seiner Gespielinnen. Ich hatte damals alle Beziehungen und

Bekanntschaften rund um Jakobi ermittelt. Jakobi hat neben den Kindern mit seiner Frau noch die Kinder: Jan Berger, der damals 15 war, Julia Berger war 8. Von der anderen Geliebten, Angela Schwarz, sind die Kinder Christiane Schwarz, 7 und Christine Schwarz, damals 11 entstanden. Wir gingen damals gemeinsam die Alibis durch, klingelt es wieder bei Ihnen?"

„Ja, jetzt wo Sie es sagen …"

Neuer Kollege

Der Werdauer Markt ist nicht weit vom Pflegeheim entfernt, also gingen wir gleich dort hin und
suchten auf den Klingelschildern nach dem Namen „Berger". Zum Glück ist der Markt ziemlich
überschaubar, so mussten wir nur in 12 Eingän-
gen die Klingelschilder lesen.
Julia Berger ist eine Frau Mitte 30, Mutter von
zwei Kindern, verlobt und steht mit beiden Beinen im Leben. Unter dem Vorwand eine Famili-
enchronik für Herrn Brandt erstellen zu wollen,
erkundigten wir uns nach ihrem Bruder, Jan Berger. Frau Berger stutzte zunächst, weil sie sich
nicht vorstellen konnte, dass sich ihr Stiefopa für
so etwas interessiert.
Viele nette Worte hatte sie für Herrn Brandt
nicht übrig, gab uns aber gerne die Handynummer und die Adresse ihres Bruders.

„Wenn unsere Vermutung zutrifft, dann ist Jan
Berger derjenige, der damals auf dem Bahnhof
war."

„Mag sein, aber wie stellen Sie sich das vor? Wir
können ja schlecht zu Berger gehen und zu ihm
sagen ‚Jan, wir wissen, was Sie vor 29 Jahren, am
6.4.1989 auf dem Bahnhof gemacht haben'",

sagte Bauer mit nachdenklicher Stimme zu mir.

„Warum denn nicht? Wir wissen doch was passiert ist oder denken Sie, das alles ist ein Zufall?"

„Schwierig zu beurteilen, wir können niemanden einfach so verdächtigen, die ganze Sache kann auch einfach der Fantasien eines 15-Jährigen entsprungen sein."

„Und wenn wir oder vielmehr die Kinder der Elsners Pech haben, wird der Mörder ihrer Mutter nie gefasst."

„Also was schlagen Sie vor?"

„Ich schlage vor, wir geben uns weiterhin als Chronisten, besser als Biografen aus und erzählen Herrn Berger was wir haben und was wir wissen und wir bieten ihm die Möglichkeit die Kassette von uns abzukaufen. 20.000 Euro sollte ihm das schon Wert sein."

„Baumann, das ist Erpressung. Das können wir nicht bringen! Zum Schluss hat er alles vergessen und hält uns für alte Spinner. Und überhaupt, wir wissen nicht, ob es überhaupt noch Asservate gibt, mich würde nicht wundern, wenn das alles entsorgt wurde."

„Wir weihen natürlich die Polizei ein", beruhigte ich Bauer.

„Vielleicht sollten wir doch erst mit Berger reden. Wissen Sie, ich habe Angst, dass wir uns da in etwas hineingesteigert haben. Dieser Fall hat damals genügend Menschen sehr viele Sorgen bereitet und zur Polizei gehen können wir dann immer noch.

Oder, warten Sie!

Ich hatte damals einen Kollegen, dass war schon nach ihrer Zeit bei der Polizei, der müsste noch bei der Kripo sein."

„Haben Sie noch Kontakt?"

„Noch nicht, lassen Sie mich mal schauen …"
Bauer tippte wie wild auf seinem Handy und schaute wenig später freudestrahlend auf.

„Hier habe ich seine Nummer."
Bauer rief gleich an und vermittelte ohne viele Worte, dafür wild gestikulierend den Ernst der Lage. Noch am Abend gingen wir gemeinsam in

Zwickau essen.

Michael Knüpfer scheint ein korrekter Mann zu sein, zuverlässig und geradeheraus. Einer von den eher Unauffälligen, ein Vertreter von der schweigsamen Sorte. Ich kann mir gut vorstellen, dass Bauer und er damals eine Zeit lang sehr gut zusammengearbeitet haben. Wir berichteten von unseren Ermittlungen, zeigten die angefertigten Notizen von damals, erzählten von den Kassetten mit den Tagebüchern, unsere aktuellen Ermittlungen und unsere Vermutungen.
Bauer bat ihn nachzuschauen, welche oder ob überhaupt noch Unterlagen vorhanden sind und was mit den Asservaten geschehen ist. Freundlicherweise gab er uns den Tipp, dass wir in dieser Sache nichts tun dürfen, da wir gegebenenfalls Polizeiarbeit behindern würden. Es war so etwas wie eine Standardbelehrung vom Typ: „Lasst ja die Finger da weg und aber passt auf, was ihr macht".
Knüpfer erbat eine Woche um sich einen Überblick verschaffen zu können. Er versprach, dass zunächst alles unter uns bleibt. Dann verabschiedete er sich, holte seine Jacke und ging aus dem Restaurant. Als er fast draußen war, rief Bauer augenzwinkernd hinterher: „Wer hat denn gesagt, dass Sie eingeladen sind?" Es war gerade so eine

vertraute Atmosphäre, also blieben wir und bestellten noch einen Wein.

„Warum sind Sie eigentlich wieder nach Deutschland zurückgekommen?“

„Um ehrlich zu sein, ich hatte einfach nur Heimweh. Meine Frau und ich waren dort ziemlich erfolgreich und es fehlte an nichts. Aber Heimat ist eben Heimat. Mein Sohn fehlte mir und meine Frau hatte nichts dagegen, hier neu anzufangen. Und außerdem, was hätten Sie denn ohne mich gemacht?“, fragte er verschmitzt.

„Ijah mein Freund, was hätte ich nur ohne Sie gemacht. Ich muss schon zugeben, ich vermisse die alten Zeiten manchmal. Mir fehlt heute der Zusammenhalt, früher war man mehr füreinander da, habe ich das Gefühl.“

„Ihr Gefühl täuscht Sie nicht, wir sind ‚kälter‘ geworden. Weil wir alle mehr mit uns beschäftigt sind. Der Trick für mich und meine Familie ist: Zeit ist eben wichtiger als Geld. Wissen Sie denn was aus dieser Pathologin, Frau Dr. Draganowa geworden ist? Der haben Sie ja damals schöne Augen gemacht.“

„Also … … ich glaube, es geht ihr gut. Hab sie viel zu lange nicht mehr gesehen."

„Tja, hätten Sie die Frau damals angesprochen, wären Sie heute vielleicht mit ihr verheiratet."

„Wer sagt denn, dass ich sie nicht angesprochen habe?"

„Sie alter Hund, Sie. Sie sagten doch gerade, dass sie sich viel zu lange nicht gesehen haben."

„Stimmt, schon drei Tage nicht mehr, Sie ist auf einem Kongress und sie heißt nicht Frau Dr. Draganowa, sondern Baumann, seit 26 Jahren schon."

„Dann sind Sie mir ihr verheiratet? Und das konnten Sie mir am Stauweiher nicht schon erzählen?"

„Da hatte ich den Kopf zu sehr mit dem Fall Elsner voll. Kommen Sie, Sie wissen doch wie das ist, Bauer!" Eine gute Stunde saßen wir dann noch in dem Lokal, redeten über unser Leben in den letzten Jahren und wie es wohl gekommen wäre, hätte es die Wende nicht gegeben.

Schmerzhafte Rückblicke

Eine Woche später rief mich Bauer an und wir telefonierten über die neuen Erkenntnisse. Knüpfer hatte sich wie versprochen bei Ihm gemeldet. Leider waren seine Nachrichten ein derber Rückschlag …

„Die ganzen Unterlagen, das Kleid, die Handtasche. Alles weg. Jetzt haben wir keine reelle Chance mehr."

„Verdammt! Wie kann denn das sein?"

„Knüpfer meinte, dass es um die Wendezeit herum manchmal vorgekommen ist, dass Beweismittel einfach so verschwunden sind bzw. vernichtet wurden."

„Hat Knüpfer denn sonst noch etwas erzählt? Ob die Stasi damals mit beteiligt war, hat er aber noch nicht sicher in Erfahrung bringen können. Er hat es nur vom Hörensagen, ist jedenfalls noch dran. Die Sache hat anscheinend auch sein Interesse geweckt. Aber viel Hoffnung macht er uns natürlich nicht. Es ist immerhin fast 30 Jahre her. Das Schwierigste würde seiner Meinung nach sein, die besondere Schwere der Schuld nachzuweisen. Kommt noch dazu, dass es noch nicht mal ein Fall in dem Sinne ist."

Tags darauf, es war ein ungewöhnlich milder Tag, trafen wir uns wieder und überlegten uns, was wir mit Berger besprechen sollten. Wir haben eine Choreografie der Worte einstudiert, um nichts dem Zufall zu überlassen. Am Abend standen wir vor einem Einfamilienhaus in bester Lage von Werdau.
In dem Carport standen zwei hochwertige Autos. Hier sah alles nach richtig viel Geld aus. Am hintergrundbeleuchteten Klingelschild mit gelaserter Aufschrift stand „Familie Berger".
Bauer drückte den metallenen Knopf und ein paar Sekunden später war der Weg zur Eingangstür rechts und links beleuchtet. Die Tür ging auf und dahinter stand eine sehr gut aussehende Frau, etwa 30 Jahre alt und anscheinend nicht auf Besuch eingerichtet, was uns ihr Schlabber-Look verriet.

„Guten Abend! Wir möchten zu Herrn Berger. Ist er zu sprechen?", fragte Bauer mit einer Stimme, wie er sie früher schon gehabt hatte wenn es um darum ging Informationen von Fremden zu erlangen. Es ist so eine Art Stimme, die einem keine Angst macht, aber direkt und bestimmt ist, so dass man davon ausgehen muss, es kommt von offizieller Stelle. In etwa so wie: „Guten Tag, Führerschein und Fahrzeugpapiere bitte!".

„Schatz, da sind zwei Herren, die dich sprechen möchten."
Durch ein großes Fenster an der Seite des Hauses konnten wir sehen, wie Herr Berger aus dem oberen Stockwerk nach unten kam.

„Abend! Was kann ich für Sie tun?"
Ein Mann im Bademantel, ca. 1,80 Meter groß, Mitte 40, sonnengebräunt, kleiner Schnauzbart und einem für seine Statur zierlichen Kettchen um den Hals, stand vor uns und schaute uns fragend an.

„Guten Abend Herr Berger, mein Name ist Baumann und das ist mein Partner, Herr Bauer. Wir würden gerne etwas mit Ihnen bereden."
Berger lachte gekünstelt und fragte dann: „Sind sie verheiratet oder von der Polizei?"
Ohne eine Miene zu verziehen, schauten wir Berger an und er fuhr fort, allerdings mit ernsterer Stimme.

„Kleiner Spaß, bitte verhaften Sie mich jetzt nicht gleich."

„Gäbe es denn einen Grund?"

„Auch nur ein kleiner Spaß", fügte ich an Bauers Gegenfrage an.

„Können wir irgendwo ungestört reden?"

„Sicher, kommen Sie herein."
Er führte uns in sein Arbeitszimmer in die obere Etage.

„Möchten Sie einen Kaffee?", fragte seine Frau aus der Küche im Erdgeschoss.

„Nein Danke", rief ich zurück.

„Sehr gerne", erwiderte Bauer. Wir schauten uns an und ich hoffte, dass wir uns nicht uneinig würden, wenn wir uns jetzt mit Herrn Berger unterhalten.

„Setzten Sie sich, doch bitte."
Das Zimmer war sehr stilvoll eingerichtet, rechts neben der Tür stand ein Ledersofa, davor ein kleiner Tisch und noch zwei Stühle. An der Stirnseite des Zimmers befand sich sein Schreibtisch, darauf standen zwei riesige, gebogene Mo-

nitore und ein Notebook – dem neusten Modell.

Bauer und ich setzten uns auf die Stühle und ließen das Sofa für Herrn Berger. Er setzte sich auf sein Sofa, schaute uns aber auf eine Art an, als wolle er uns zu verstehen geben, dass er sonst höher sitzt.

„Das ist ein ganz neues Notebook, oder? Bestimmt sehr teuer?", eröffnete ich unser Gespräch um mit ein bisschen Smalltalk um die Stimmung aufzulockern.

„Ja, es ist extrem dünn, extrem leicht und schnell. Ich sag nur: 2,9 Ghz, 4-Kernprozessor, 16 GB Ram, 512 GB SSD. Ich steh auf die Dinger."
Bauer und ich verstanden nicht ganz, was das alles zu bedeuten hatte. Ich dachte mir aber, dass der Rechner bestimmt sehr schnell sein muss, wird nicht so lange zum Hochfahren brauchen wie meiner.
„Früher waren die Computer nicht so schnell", antwortete Bauer auf Bergers Aufzählung.
„Da haben Sie Recht, früher war alles ein bisschen gemächlicher. Stellen Sie sich mal vor, würde man heute die Daten eines ganz normalen Haushaltscomputers, sagen wir mal mit 500Gb Speicher auf Disketten speichern wollen, dann sind das

500 Gigabytes = 500.000 Megabytes, was 5 Milliarden Kilobytes entspricht. Das ist eine Zahl mit 8 Nullen."

„Haben Sie vielen Dank für diese Ausführung, doch da können sich normalsterbliche Anwender wie mein Partner und ich leider nicht viel darunter vorstellen."
Eigentlich wollten wir an dieser Stelle, „den Strick" ein wenig enger ziehen, doch Berger war so voller Elan, dass man ihn unmöglich hätte bremsen können.

„Dann versuche ich das mal so zu erklären: Stellen Sie sich vor, um die Daten aus diesem Haushaltscomputer auf Zweimillimeter dicke 5/25 Zoll Disketten speichern zu können, bräuchten Sie fast 7 Millionen davon. Wenn Sie diese dann aufeinander stapeln, ist das ein etwa 14 Kilometer hoher Turm. Wahnsinn, oder?"

„Das ist es in der Tat und auch sehr interessant, da kann man sich ein Bild machen, was sich da getan hat."

„Sie lieben Computer und leben diese Technik, stimmt's Herr Berger?" fragte ich ihn.

„Oh ja, das begleitet mich schon fast mein ganzes Leben lang."

„Würden Sie für einen Computer auch töten?" warf Bauer ein und kippte damit Bergers Stimmung von begeistert auf angespannt.

„Was soll denn das für eine Frage sein?"

„Die möchte ich Ihnen gerne beantworten, Herr Berger."
Berger saß auf seinem Sofa und wurde aschfahl, als würde er ahnen, was jetzt kommen wird.

„Wissen Sie noch, was sie am 6.April1989 um 6:40 Uhr gemacht haben?"

„Woher soll ich das wissen? 89 war ich noch ein Kind. Auf dem Weg zur Schule war ich vielleicht, 7.00 Uhr hat der Unterricht begonnen, wenn ich mich nicht irre."
Bauer beugte sich zu Berger und sagte bestimmt zu ihm: „Dann helfe ich Ihnen mal auf die Sprünge. Sie waren am 6.April 1989 noch vor der Schule auf dem Bahnhof. Dort trafen sie Frau Elsner, die Geliebte ihres Vaters. Sie wussten, dass ihr Vater die Frau immer auf dem Bahnhof absetzte, bevor er zur Arbeit fuhr. Sie hatten eine

Stinkwut an diesem Tag, weil Sie nicht ertragen konnten, dass ihr Vater Ihnen den Computer wegnehmen wollte, wenn Sie etwas zu ihrer Mutter sagen.

Wir wissen auch, wie es weiter ging."

„Das ist doch alles völliger Quatsch. Wie kommen Sie denn auf solche Ideen?"

„Wir wissen hier alle, das sind keine Ideen! Sie haben das selbst so geschrieben. Erinnern sie sich noch an ihren KC85 und an die Kassette, die sie in den Modulschacht geworfen haben?"

Mir ging durch den Kopf, dass ich gerade aufs Ganze gegangen bin und hoffte, dass Bauer jetzt mitspielte. Berger wurde immer blasser im Gesicht und fing leicht an zu zittern. Es war wie in alten Tagen, langsam erhöhten wir den Druck. Bauer fragte ihn schließlich: „Wissen, Sie was heute eigentlich alles möglich ist, Herr Berger? Auf der Handtasche der toten Frau wurden Haarschuppen gefunden. Sollten es ihre sein, können sie behaupten, die Schuppen wären zu Hause darauf gekommen. Ihr Vater hat Frau Elsner ja regelmäßig mitgebracht. Aber wie wollen Sie dem Richter erklären, dass Fremd-DNA, auf dem Kleid und zwar unter dem Blut von Frau Elsner, gefunden wurde?"

„Das hat man zweifelsfrei in einem Molekular-Schichten-Trennungsverfahren festgestellt. Jetzt muss nur noch ihre DNA mit der DNA vom Kleid und von der Tasche abgeglichen werden. In Zusammenhang mit ihrem Tagebuch werden Sie eine ganze Weile hinter Gittern sitzen", sagte ich mit ernstem Gesichtsausdruck.

„Wären Sie denn bereit einen DNA-Test durchführen zu lassen?" Berger war komplett in sich gekehrt und kämpfte mit den Tränen.

„Man wird Sie dazu zwingen, wenn Sie nicht kooperativ sind", redete Bauer weiter auf ihn ein. Dann wurde es ganz still und mit zaghafter zittriger Stimme begann Berger zu erzählen.

„29 Jahre ist das her, 29 Jahre lebe ich mit dieser Schuld. Es ist, wie Sie gesagt haben. Mein Erzeuger brachte immer andere Frauen mit. Meistens hielten die Beziehungen, wenn man das so nennen kann, nur ein paar Tage.
Mit Frau Elsner ging es schon ein paar Wochen. Immer wenn meine Mutter auf Nachtschicht war, hat er die Elsner mitgebracht. Meine Mutti hat das krank gemacht. Manchmal bekam sie es mit und dann gab es fürchterlichen Streit. Das war

schon immer so, auch als ich noch ganz klein war, nur mit anderen Frauen. Am Abend davor …"

„… Also am 5.April1989?", unterbrach ich Herrn Berger.

„Ja genau. Jedenfalls habe ich beide am Abend gesehen. Ich kam aus meinem Zimmer, also aus meiner Bodenkammer und wollte auf die Toilette. Als ich am Schlafzimmer meiner Mutti vorbei kam, hörte ich ein Stöhnen. „Ja, mach weiter, hör nicht auf', sagte sie.
Durch das Schlüsselloch in der Tür sah ich die beiden, mein Erzeuger lag auf ihr und hielt ihr Gesicht in seinen Händen. Ungefähr eine Stunde später stellte ich ihn zur Rede. Er bot mir ein paar Kassetten für meinen Computer an - das müssen Sie sich mal vorstellen."

„Er hat Ihnen aber auch gedroht, dass er Ihnen den Computer wegnehmen wird."

„Ja, weil ich auf das Angebot mit den Kassetten nicht eingehen wollte. Ich musste doch machen, dass es aufhört. Mein Erzeuger verließ dann den Raum und ging zu Frau Elsner.
Schemenhaft habe ich mitbekommen, wie sie sich über mich unterhielten. ‚Ich brauche keinen mie-

sen Jungen, der mir mein Leben kaputt macht. Du hast versprochen, dass wir alleine sind', konnte ich sie aus dem anderen Zimmer hören. Ich war so voller Hass auf diese Frau. Damals habe ich geglaubt, dass sie es war, die unsere Familie zerstört hat. Aber es war mein Erzeuger, für den Frauen nichts wert sind, der sie nur benutzt, um seine Triebe zu befriedigen."

„Und dann sind Sie ihr auf den Bahnhof gefolgt?", fragte Bauer.

„Nicht gefolgt, ich habe schon auf dem Bahnhof auf Frau Elsner gewartet. Wissend, wann mein Erzeuger auf Arbeit sein musste, konnte ich mir in etwa denken, zu welcher Zeit er sie zum Bahnhof bringt. Mein Fahrrad versteckte ich auf dem Schrottplatz in der Nähe. Der war gleich gegenüber und es gab ein kleines Loch im Zaun zum Bahnhofsgelände. Da konnte man ungesehen durchkriechen. Von weiten sah ich wie Frau Elsner die Treppe hochkam. Sie ging den Bahnsteig entlang und wartete zwischen dem Mitropa- Imbiss und der Wartehalle, die war auch aus Holz gebaut, glaube ich. Ich lief hinter dem Imbiss lang. Als ich um die Ecke kam, stand sie da, ganz alleine. Ihre Handtasche hatte sie auf einem einzelnen Gepäckwagen abgestellt und suchte da drin etwas. Erst hat sie mich nicht bemerkt, aber dann sah sie mich.

Ich sehe noch ihren erschrockenen Gesichtsausdruck. Ich wollte sie anschreien und ihr sagen, dass ich alles ihrem Mann erzählen werde, wenn sie sich weiterhin mit meinem Vati trifft. Sie indessen verschränkte einfach die Arme und schaute mich ganz böse an. Zunächst habe ich kein Wort herausbekommen, sagte ihr dann aber, was ich tun werde, wenn sie sich weiter mit meinem Vater trifft. Daraufhin hat sie mich ausgelacht und gesagt, ‚Wenigstens bist Du ehrlich und nicht so ein verlogener Stasispitzel. Pass auf, dass Du nicht endest wie dein feiner Herr Papa und jetzt geh heim. Du hast doch bestimmt gleich Schule!

Ich war so wütend und stieß sie mit beiden Händen vor die Brust. Sie strauchelte und wollte sich noch an der Deichsel des Gepäckwagens festhalten, aber die klappte nach unten und sie fiel nach hinten über. In diesem Moment kam die Lokomotive. Sie schaute die ganze Zeit zu mir. Es verging seit dem kein Tag und keine Nacht, wo ich nicht an dieses Bild denken muss.“

„Sind Sie dann weggerannt?“

„Nein, ich habe, noch ihre Tasche, die sie abgelegt hatte, gesehen und warf sie hinter der Lok her.

Ich glaube, sie fiel seitlich neben die Schiene.
In diesem Moment habe ich in Herrn Berger den Jungen, der damals vernommen wurde, wiedererkannt.

„Sie waren das, der sich an dem Laternenmast übergeben musste, oder?"

„Ja, nach dem es passiert war, wollte ich helfen. Ich dachte nicht, dass es so schlimm ist und bin erst neben der Lok her gerannt. Es hat eine Ewigkeit gedauert, bis sie endlich stehen blieb und Frau Elsner hat mich weiterhin angeguckt. Ich konnte dann kaum laufen, mir war plötzlich schlecht und ich musste mich übergeben. Auf einmal waren dann auch schon alle da, der Arzt und die vielen Polizisten. In dem Durcheinander bin ich dann wieder durch das Loch im Zaun gekrochen, über den Schrottplatz gelaufen und zur Schule gefahren."

„Wussten Sie, dass Frau Elsner da schon tot war?!"

„Das konnte ich mir dann mit später denken, dennoch, damals wie heute verfolgt mich das."

„Warum haben Sie den Eintrag in ihrem Tagebuch mit ‚Game Over' beendet?

„Das sollte eigentlich der letzte Eintrag werden, ich wollte zur Polizei und alles sagen, aber immer wenn ich vor dem Polizeirevier stand, verließ mich der Mut.

Einmal war ich schon drin, wollte den Mann, der hinter der Glasscheibe am Eingang saß ansprechen. In diesem Moment sprang er auf und ging mit seinen Kollegen in einen anderen Raum. Ich sah die Pistolen und überhaupt, die waren alle so groß, dann bekam ich es mit der Angst und ging wieder."

„Haben Sie ihrer Mutter etwas davon erzählt?"

„Nein, nie, kein Sterbenswörtchen."

„Und dann, wie ging es dann weiter?"

„Mein Erzeuger und ich sahen uns kaum noch, redeten auch nicht mehr miteinander. Kurze Zeit später hatte er eine andere, dachte ich jedenfalls. Erst sehr viel später habe ich erfahren, dass er gar nicht mit meiner Mutti zusammen lebte, sondern verheiratet war. Trotzdem hat er meine Mutti immer mal wieder besucht. Jeder seiner Besuche machte sie traurig, manchmal weinte sie auch.

Irgendwann bin ich mal spät abends zu ihm nach Hause gefahren, er hatte sich gerade ein neues

Auto gekauft.

Als ich den Luxuswagen stehen sah, nahm ich wie in Trance ein Stück Feueranzünder aus meiner Satteltasche, zündete es an und legte es auf das linke Vorderrad. Aus sicherer Entfernung und versteckt hinter einer Scheune, schaute ich zu, wie das Auto mehr und mehr in Flammen aufging. Dann habe ich noch gewartet bis die Feuerwehr eintraf, danach bin ich wieder nach Hause gefahren.

Jahre später fand ich raus, dass mein Erzeuger ein Stasi-Romeo gewesen sein soll, er hatte den Auftrag Frau Noak von ihrem Mann zu entfremden – und heiratete sie am Ende sogar.

„Woher hatten Sie denn Feueranzünder?"

„Wir kokelten manchmal im Stadtpark, jeder war mal dran ein paar Stücke mitzubringen. Wir haben damals ganz schön randaliert. Die Scheiben an den Laternen eingeschossenen und solche Sachen. Das Stück, was ich auf den Reifen gelegt habe war höchstens 1 x 1 cm groß, aber es hat gereicht."

„Ich erinnere mich daran", sagte Bauer.
„Wir konnten uns damals nicht erklären, wie sich

das Feuer so schnell ausbreiten konnte."

„Wie geht es denn jetzt weiter? Was soll ich tun? Verhaften Sie mich jetzt?"

„Nein! Das Beste wird sein, wenn Sie zu Ende bringen, was Sie vor 29 Jahren schon tun wollten."

„Sie meinen also, ich soll ein Geständnis ablegen? Das glaube ich, werde ich tun! Dann ist endlich Schluss mit dem Verstecken! Was meinen Sie, werde ich lange ins Gefängnis müssen?"

„Am besten besorgen Sie sich anwaltlichen Beistand. Ich glaube aber nicht, dass Sie lange ins Gefängnis müssen. Es kann gut möglich sein, dass die Verjährungsfrist schon abgelaufen ist. Mord wird man Ihnen nicht nachweisen können. Ihr Geständnis wird die Strafe mildern und: weil Sie zum Tatzeitpunkt noch Kind waren wird nach dem Jugendstrafrecht geurteilt werden.
Es kann also auf eine Bewährungs- oder Geldstrafe hinauslaufen. Die Schuld aber, die werden Sie bis an ihr Lebensende mit sich tragen müssen."

„Nehmen Sie mich jetzt mit?"

„Nein, wir vertrauen darauf, dass Sie sich stellen werden."

„Aber was gibt Ihnen die Sicherheit, dass ich das wirklich tun werde?"

„Ich habe Sie oft auf dem Friedhof gesehen. Mal kamen Sie, als ich ging, mal gingen Sie gerade. als ich kam, immer am 6. April."

„Einmal war Herr Elsner noch vor dem Grab, da habe ich so lange gewartet bis er weg war. Ich habe es nie fertiggebracht mit ihm zu reden.
Wissen Sie was, Herr Baumann, ich bin froh, dass das jetzt ein Ende hat, nahezu erleichtert sogar. Warum habe ich nicht eher den Mut aufgebracht?"

Wenige Minuten später verabschiedeten wir uns und gingen zum Auto, das wir vor dem Eingang geparkt war.

„Sagen Sie mal, Baumann, was ist ein DNA Molekular-Schichten-Trennungsverfahren?   Wusste gar nicht, dass Sie noch so tief in der Materie stecken."

„Keine Ahnung, gibt' s das denn überhaupt? Ich fand es klingt gut, mir ist nichts anderes eingefallen."

„Das hätte aber auch in die Hose gehen können!"

„Geht es auch so! Kein Gericht wird ihn verurteilen. Was haben wir denn? Ein paar Kassetten …"

„… Und ein Geständnis!"

„Er war ein Kind und in gewisser Weise kann ich alles sogar nachvollziehen."

Er stellt sich

Fast 30 Jahre lebt Herr Berger mit den Bildern der Tat und ich glaube ihm, dass er immer daran gedacht hat. Das vergisst man auch sicherlich nicht. Wenn er könnte, würde er am liebsten alles ungeschehen machen. Doch dieser Verantwortung, die er jahrelang vor sich her geschoben hatte, wird er sich nun stellen.

Für Berger, der ein gutgehendes Softwareunternehmen aufgebaut hat, spielte Geld schon lange keine Rolle mehr, nur seine Freiheit war ihm wichtig.
Gleich am nächsten Tag ging Jan Berger zu einem ihm bekannten Anwalt, Herrn Dr. Bernhard Willch. Die beiden kannten sich bereits von früheren geschäftlichen Aktivitäten.
Vertrauensvoll erzählte Herr Berger jedes noch so kleine Detail.
Dr. Willch gehörte zu der Sorte Anwälten, die sich zunächst alles ruhig anhören und sich dann einen genauen Plan überlegen. Das passte auch sehr gut zu seiner voluminösen Figur und seiner tiefen Stimme. Er begleitete Berger überall hin, gemeinsam erzählten sie dem Staatsanwalt alle Vorkommnisse und erläuterten ihre Sicht der Dinge.

Dr. Willch ließ keine Gelegenheit aus, zu erwähnen wie jung Berger damals war und wie schlimm es für ihn wohl gewesen sein muss, als er seinen Vater mit fremden Frauen beim Geschlechtsakt erwischte. Bergers Schwester wurde ebenfalls angehört und gab zu Protokoll, dass Berger schon immer gelitten hatte, wenn seine Mutter weinen musste. Da sich gleich Anfang 1991 herausstellte, welchen Tätigkeiten Jakobi nachgegangen war, konnte Bergers Schwester den Hass auf seinen Vater ebenfalls verstehen. Sie denkt darüber nicht viel anders.

Auch mein Freund Bauer, meine Frau und ich wurden angehört. Gemeinsam konnten wir anhand unserer Aufzeichnungen von 1989 und den heutigen Recherchen einen genauen Verlauf des Tatherganges abgeben.

Insgesamt mussten wir drei Mal bei der Staatsanwaltschaft vorsprechen. Für Bauer und mich waren die letzten Tage aber eine schöne Zeit. Auch wenn der Grund dafür nicht sehr schön war, schließlich hatten wir beide durch unsere Aussagen immer wieder die Bilder von Frau Elsner im Kopf, so als wäre es gestern gewesen. Dazu kam der ständige Gedanke an die eigene Vergänglichkeit. Damals waren wir beide noch so jung und hatten keine Vorstellungen, wie unsere Welt mal aussehen würde. Eine Wiedervereinigung? Dass es die mal geben wird, hätten wir uns niemals träumen lassen.

Epilog

Mittwoch, 11. Juli 2018. Das Gerichtsgebäude in Zwickau ist ein altes monumentales Bauwerk.

Die riesige Eingangstür, die Stein- und Holzvertäfelungen verleihen dem Haus einen respekteinflößenden Eindruck. Bauer, meine Frau und ich befanden uns als Zeugen und Beobachter im Zwickauer Gerichtsaal. Nur ein paar Meter entfernt von uns, saßen die Kinder von Herrn Elsner, Karsten und Lydia. Es war die Verhandlung in der Sache Berger/Elsner. Herr Berger soll sich heute vor dem Gericht in Zwickau verantworten. Die Staatsanwaltschaft erhob Anklage wegen Totschlags gegen Herrn Berger, jedoch unter Anwendung des Jugendstrafrechts und der Gesamtwürdigung der Persönlichkeit des Täters, der zum Zeitpunkt der Tat gerade 15 Jahre alt war. Seine sittliche und geistige Entwicklung entsprach einem Jugendlichen, so die Staatsanwaltschaft Zwickau.

Die gesamte Familie des inzwischen 44-Jährigen war ebenfalls anwesend und wie es aussah, hielten alle zusammen.

Berger saß, mit den Händen auf dem Tisch, bedacht da und schaute nach vorn auf die Richterin. Neben ihm und wesentlich entspannter, als er, saß sein Anwalt, Dr. Willch.

Während die Tochter des toten Ehepaares Elsner, Lydia, eher gering gefühlsbeladen war, schaute Karsten Elsner hasserfüllt auf Berger. Seine Augenpartie war nur noch ein kleiner Schlitz, seine Hände ballte er wieder und wieder zur Faust. Lydia schaute ihn an und beruhigte ihn hin und wieder.

Der Staatsanwalt fasste zusammen, wie sich die Tat, dem Geständnis von Herrn Berger und unseren Aussagen zufolge, zugetragen hatte.

„Am Morgen des 06.04.1989 gegen 06:30 Uhr hat sich der Angeklagte Jan Berger wutentbrannt auf sein Fahrrad gesetzt und fuhr zum Hauptbahnhof in Werdau. Für den Weg benötigte er nach eigenen Angaben ca. fünf Minuten. Er fuhr nicht direkt zum Bahnhof sondern stellte sein Fahrrad dahinter auf dem ehemaligen Gelände des Schrottplatzes ab. Durch ein Loch im Zaun gelangte er auf den Bahnsteig. Da er, nach ebenfalls eigenen Angaben, wusste, dass Frau Elsner den nächsten Zug nach Zwickau nehmen wird, wartete er an der Mitropa.
Lange musste sich der Jan Berger nicht gedulden, denn Frau Elsner erschien nur wenige Minuten später auf dem Bahnsteig. Es kam zu einem heftigen Wortwechsel, worauf Berger Frau Elsner vor

den Zug stieß. In seinem Geständnis berichtete Berger, dass er zunächst helfen wollte. Ich meine, dass er sicher gehen wollte, dass Frau Elsner auch wirklich tot war. Jeder ist hart zu verurteilen, der nach einer solchen Tat, noch daran denkt, Spuren zu beseitigen. Hätte er wirklich helfen wollen, warum sollte er dann die Tasche hinterhergeworfen? Ich denke nicht! Ferner ist zu beachten, wie lange er die Tat wahrscheinlich schon geplant haben muss.

Dies geht aus einem Auszug seines Computertagebuchs hervor. Ich zitiere:

,Logbucheintrag 5489-2:

Papa fährt die Kuh bestimmt wieder auf den Bahnhof, statt Frühstück zu machen.'

Das war genau der Abend vor der Tat, Sie hatten also die ganze Nacht Zeit, sich zu überlegen, wie sie die Geliebte ihres Vaters beseitigen können.

In einem vorangegangen Eintrag heißt es:

,Logbucheintrag 30389-2:

Papa nimmt mir meinen Computer weg, wenn ich etwas sage.'

Das ist das Motiv!

Nämlich weil Sie es nicht ertragen konnten, dass ihr Vater Ihnen den Computer wegnehmen will, entschieden Sie sich lieber feige zu schweigen, statt ihrer Mutter reinen Wein einzuschenken.

Daher komme ich zu folgendem Schluss, es handelt sich hier um eine kaltblütige, wenn auch unüberlegte Tat aus aus niedrigen Beweggründen, was den Tatbestand der besonders schweren Schuld erfüllt.
Somit beantrage ich 15 Jahre Freiheitsentzug."

Ein Raunen ging durch den Saal, mit diesem Antrag hatte niemand gerechnet. Karsten Elsner klatschte, wie in einem Biergarten auf seine Schenkel und freute sich. „Ja. Ja. Richtig so", sagte er leise zu sich selbst, aber noch laut genug, damit es andere hören konnten.

„Die Verteidigung erhält nun das Wort."

Dr. Willch stand auf und stellte sich vor den Angeklagten.

„Meine sehr verehrten Damen und Herren, bevor ich beginne …
… Möchte ich zunächst den Herrn Staatsanwalt beglückwünschen.
Nämlich für seinen, an den Haaren herbei gezogenen, völlig haltlosen Versuch, der Gerechtigkeit genüge zu tun. Mit Verlaub, an ihrer Stelle würde ich mich nach beruflichen Alternativen umsehen.
Zunächst einmal müssen wir berücksichtigen,

dass mein Mandant Herr Berger zum Tatzeitpunkt gerade 15 Jahre alt geworden war.

Mein Mandant möchte auch nichts leugnen, denn sonst säßen wir heute nicht hier.

So, verehrte Anwesende: Versetzen wir uns mal in Jan Bergers Lage.

Stellen Sie sich vor, Sie sind 15 Jahre jung und müssen mit ansehen, wie ihrer Mutter durch ihren Vater ständig seelische Grausamkeiten zufügt werden.

Er hat mitbekommen, wie sein Vater andere Frauen mit nach Hause brachte, wenn seine Mutter auf Arbeit war.

Schlimmer noch, er hatte sie sogar beim Geschlechtsverkehr erwischt. Wie muss das für eine Kinderseele sein? Jetzt stellen Sie sich bitte ferner vor, Sie haben nur einen einzigen Freund, dem Sie das alles anvertrauen können. Im Fall meines Mandanten war das sein Computer mit dem er redete. Er hatte eine Art Tagebuch programmiert, in das er seine Erlebnisse eintrug, das ihm ,zuhörte'.

Er hatte sich sogar ein kleines Programm geschrieben, welches ihm auf Fragen nach dem Zufallsprinzip mit ,Ja' oder ,Nein' antwortete. Wie verzweifelt muss dieses Kind gewesen sein?

Heutzutage wissen wir weit mehr über die Pubertät, wir wissen, dass vermehrt Testosteron ausgeschüttet wird und hormonelle Veränderungen stattfinden. Das war vor 30 Jahren schon so und ist heute nicht anders.

Der junge Herr Berger ist auch nicht mit dem Vorsatz, nämlich Frau Elsner umbringen zu wollen, auf den Bahnhof gefahren. Er wollte sie lediglich zur Rede stellen und ihr in seiner kindlichen Naivität den Umgang mit dem eigenen Vater verbieten.

Das tat er, damit seine Mutter, sein Vater und er, endlich wieder eine richtige Familie sein können. Zu diesem Zeitpunkt konnte mein Mandant noch nicht wissen, dass sein Vater, oder ‚Erzeuger‘ wie er ihn selber nennt, gar nicht mit seiner Mutter zusammenleben wollte. Er wusste zu diesem Zeitpunkt auch nicht, dass sein Erzeuger mit einer anderen Frau verheiratet war und nebenbei noch weitere Beziehungen führte. Mein Mandant wollte sich als Kind sogar schon einmal stellen. Beim ersten Versuch verlor er aber den Mut als er die Pistole im Halfter eines Polizisten sah. Mein Mandant lebt nun schon fast 30 Jahre mit der Schuld, die er sich selber gibt und der Erinnerung an den Blick von Frau Elsner, als sie von der Lok erfasst wurde.

Nachdem Sie das vernommen haben, fasse ich

mich nun kurz und bitte Sie, noch mal zu bedenken: Herr Berger muss nach dem Jugendstrafrecht beurteilt werden und es kann ihm kein Vorsatz nachgewiesen werden. Es gibt auch keinen Grund, ihm nicht zu glauben, dass es sich bei der Tat um einen Unfall gehandelte. Er konnte ja gar nicht wissen, dass just in diesem Moment eine Lok durchfährt. Er hat sich selber angezeigt und Berger hatte sich nie wieder etwas zuschulden kommen lassen. Sämtliche Beweismittel wurden zudem vernichtet.

Ich beantrage als Folge dessen die Einstellung des Verfahrens nach § 170 StPO und begründe wie folgt: Wir haben hier gleich zwei Verfahrenshindernisse, nämlich die Strafunmündigkeit des Täters zum Tatzeitpunkt und die Verjährung der Tat."

Karsten Elsner schäumte fast vor Wut und rief immer mal wieder „Das kann doch nicht sein". Er wurde darauf hingewiesen, sich zu mäßigen. Da er dieser Forderung nicht gleich nachkam, ordnete die Richterin ein Ordnungsgeld in Höhe von 100,- Euro an.

Nach langer Beratungspause verkündete die Richterin das Urteil und folgte damit dem Antrag des Verteidigers. Sie begründete ihre Entscheidung damit, dass es erstens keine Beweise mehr gäbe und dass alles, was Berger damals getan hat, inzwischen verjährt ist. Sie belehrte Herrn Berger jedoch, dass es sich hier nicht um einen Freispruch handelt, sondern um die Einstellung des Verfahrens. Was für ihn bedeutet, dass er zwar auf freien Fuß kommt, aber jederzeit das Verfahren, z. B., wenn Beweise auftauchen, wieder aufgenommen werden kann. Was in Anbetracht der Tatsache, dass bereits alles vernichtet wurde, eher unwahrscheinlich ist.

Unterdessen verließ Karsten Elsner wutentbrannt den Saal. Beim Hinausgehen rief er noch mit hasserfüllter Stimme: Ja, den Reichen kann nichts passieren! Das ändert sich nie! Aber damit ist jetzt Schluss!"

Seiner Schwester war dieser Abgang sichtlich unangenehm. Eine Zeitlang blieb sie noch sitzen, stand dann aber auf und ging zu Jan Berger, der noch mit seiner Frau und Dr. Willch, sichtlich erleichtert im Saal stand. „Ich bin froh, dass alles nun vorbei ist und danke Ihnen. Bitte nehmen Sie sich das von meinem Bruder sagte, nicht zu Herzen." bat sie ihm und reichte ihm die Hand.

„Vielen Dank!" antwortete Berger. Dann gingen

alle Richtung Ausgang.

„Hoffentlich verlieren wir uns jetzt nicht wieder für so lange Zeit aus den Augen", sagte Bauer zu mir, als wir bereits auf dem Parkplatz vor dem Gerichtsgebäude standen.

„Keine Sorge, das passiert uns so schnell nicht wieder, Genosse Bauer", sagte ich witzelnd.
Gerade als wir uns zum Abschied umarmen wollten, vernahmen wir ein lautes Quietschen und das Aufheulen eines Motors, gefolgt von einem dumpfen Knall.
Wir schauten uns um und sahen noch, wie ein schwarzer Geländewagen am Ende des Parkplatzes zum Stillstand kam. Die Motorhaube war total verbeult und die Scheibe gesplittert.

„Das ist Elsner!" rief mir Bauer zu.

„Himmel hilf, er ist einfach über Berger gefahren", antwortete ich ihm.

Gemeinsam gingen wir die 20 Meter, die es gewesen sein mussten, um zu Bergers Auto zu gelangen. Es stand nur vier oder fünf Parkplätze weit weg. Ich weiß nicht was Bauer in diesem Moment dachte, mein Entsetzen jedenfalls, war so groß, dass ich gar keinen klaren Gedanken finden konnte.

Elsner hat das Gesetz in die eigenen Hände genommen.

UNSER WERDAU

Im Buchhandel
&
www.unser-werdau.de

In den 1980ern und heute

Schwarz-Weiß-Fotografien
Farbige Refotografien
Informationen

Unser-Werdau

Werdau - Eine Stadt im Wandel

Mit der Gegenüberstellung vieler Schwarz-Weiß-Fotografien aus den 1980er Jahren und aktuellen Bildern, lädt der Autor dieses Buches Sie zu einer interessanten Vergleichsreise ein. Refotografien, Fotomontagen und viele Informationen dokumentieren auf eine sehr beeindruckende Art und Weise den Wandel seiner Heimatstadt Werdau.

Ein kleiner Stadtrundgang beginnend am Hauptbahnhof, über den Markt, Nach den Teichen zur Holz -und Uferstraße, welcher beim Betrachten und Lesen Erinnerungen weckt.

ISBN: 3746025516